EL ASESINO DE LOS PÁJAROS

ISBN: 9788413735436

Impresión y editorial: BoD – Books on Demand

Un proyecto CUDETUR. Asociación Cultural para la promoción de la Cultura, el deporte y el Turismo desde Andalucía.

Edita : La Quinta Rosa
Autor: Juan Manuel Orozco
Edición: José Manuel Rosario
Maquetación: La Quinta Rosa
Imagen de portada:
J.M.Rosario

Con la colaboración de:
Revista Cultural Blanco Sobre Negro

info@bod.com.es - www. bod.com.es

Impreso en Alemania – Printed in Germany

web: www.blancosobrenegro.es

EL ASESINO DE LOS PÁJAROS

J.M.OROZCO

FSC
www.fsc.org
MIXTO
Papel procedente de
fuentes responsables
Paper from
responsible sources
FSC® C105338

A mi querido abuelo Manuel Orozco que fue en vida un padre para mí. Sigue guiándome desde ahí arriba. Yo haré que te sientas orgulloso desde aquí abajo

A mi mujer Gloria y a mis hijos Fernando y Esperanza. Sois la luz que ilumina el sendero oscuro al que llamamos vida.

A todos mis amigos que me alentaron a escribir, este primer trabajo es gracias a vosotros.

CAPITULO 1
LA CASA Y EL CEMENTERIO

Sombras… espectros fantasmales que nacen de la más terrorífica frontera entre lo real y la locura. Siento como se originan en los rincones más oscuros y se elevan desde este abismo infernal y tenebroso que visito tan a menudo. Emergen como una exhalación con el único propósito de provocarme la mayor de las locuras, el peor de los males. Las veo moverse acechantes cerca de mí, incluso en medio de las tinieblas más espesas puedo percibirlas, pues su naturaleza es aún más sombría que las mismísimas profundidades de las que proceden. Me siguen sin descanso por las calles, los pasillos, en la casa… me acompañan donde me encuentre, atormentándome, poniéndome a prueba, distrayéndome de todo pensamiento racional y lógico. Oigo sus inhumanas voces espectrales y sin vida dentro de mi cabeza…

Aunque ahora, solo por un momento, lo agradezco. Aquí, en este gélido, extraño y desconocido lugar en el que me encuentro, rodeado de una oscuridad tan densa e infinita que hace desaparecer las paredes, son junto contigo, mi única compañía.

No alcanzo a recordar como he llegado hasta este lugar, ni cuánto tiempo ha transcurrido desde que estoy en él. Miro a la profundidad infinita que tengo delante y me estremezco al pensar que puede no tener fin. Después, me invade un pavoroso sentimiento de angustia y me comienzo a sentir insignificante al ver que no hay suelo que pisar, ni cielo que observar, a mi alrededor lo único que hay, es oscuridad.

Esta onírica y lúgubre estancia apenas me permite verte, solo aprecio desde cierta lejanía, pues no me atrevo a acercarme más, que yaces tumbado, tocando con tu espalda el suelo y cubierto por una sábana.

Ignoro los motivos que te mueven a permanecer en semejante estado. O tal vez, eres uno de los muchos frutos de la abrumadora locura que ellas me provocan. Sí, puede que seas uno de tantos… quizás todo este lugar lo sea.

Ya no distingo lo real de los recuerdos que se diluyen en el mar eterno de mis pensamientos, donde solo hay algo que bucea desde el océano de mi subconsciente para ver la luz del exterior, acudiendo a mi mente con una imagen tan nítida como aterradora: las sombras.

Han consumido mi alma, nublado mi razón, negándome la capacidad de discernir lo que es real de las pesadillas. El terror y la angustia que me ocasionan cuando aparecen es tan intenso que se me torna indescriptible. Sus horripilantes voces penetran en mi cabeza atormentándola, llevándome a los límites de la locura, una demencia agridulce que desaparece solo al culminar una de mis obras. Luego, vienen unos ansiados días de calma. Un reposo anhelado que se diluye en los largos pasillos de piedra por los que camino cuando mi espíritu se transporta a otras realidades. Pesadillas que son propiciadas por esos seres espectrales, que buscan mi destrucción desde que comencé a habitar aquella casa.

Comenzó por grandes dolores de cabeza, migrañas agudas que me impedían el sueño. Tras días sin descansar caía rendido en la cama, instrumento del que se sirvieron para llevarme a esos repugnantes viajes que me transportaban a un extraño lugar en el cual no había estado nunca, pero siento conocerlo de forma notable. Sus muros de piedra firme dibujan túneles oscuros, largas arterias arqueadas sin vida, donde toda luz por muy brillante que sea, se pierde en el fondo de los laberínticos pasajes que traen consigo una atmósfera cargada de dolor. El aire parece muy denso y viciado. Respirarlo me provoca una sensación de vacío que me hiela el alma y me estremece.

Al principio solo estaba un único y angosto túnel que me resistía a recorrer en mis primeros viajes. Más adelante, de las tinieblas de aquellas pesadillas surgieron otros elementos que guardaré para describirte cuando este relato se vea más prolongado, así lo entenderás mejor.

Aquellos viajes astrales que se producían cuando Morfeo cerraba mis ojos, siempre fueron la antesala de sus apariciones. Poco después, llegaban ellas y sus inquisidores susurros. Aquellos seres, cuyos cuerpos estaban envueltos en túnicas de ébano, hundían sus rostros imperceptibles dentro de sus siniestras capuchas. Parecían sentir un macabro deleite al atormentar mi espíritu con sus apariciones y voces, sonidos que solo yo escuchaba en mi mente enfermiza.

Y cuando aquella locura me llevaba a los límites de mi propia realidad, tenía que actuar. Solo así enmudecían, dándome algunas jornadas de paz y sosiego que me remontaban a mis primeros días en esa morada, recordándome porque me trasladé a ese lugar.

Aunque aquellos lejanos amaneceres llenos de luz, tranquilos y reconfortantes nunca volvieron. Se evaporaron, ahogados por la oscuridad como una antorcha que se consume por la falta de oxígeno.

Antes de convertirme en el pobre atormentado que tienes ante ti, era un joven con pasión por la lectura y la ornitología. Buscaba un hogar apartado para mis largos fines de semana de ocio junto a mi literatura favorita y mis queridas mascotas, mis amados pájaros. Y esa casa, apartada del bullicio de la ciudad, constituía un lugar de retiro perfecto.

El precio no representaba un problema para mí, pues heredé una fortuna y algunas haciendas tras la prematura muerte de mis padres. Mi patrimonio se vio incrementado y llegué a estos lares para comenzar a trabajar explotando el terreno agrícola, lo cual me reportaría grandes beneficios.

No obstante, el hecho de que la propiedad tuviera un antiguo cementerio en la parte posterior ayudó a negociar una rebaja por esta, ya que muy pocas personas querían habitar una casa apartada de todo y menos dentro del perímetro de un camposanto.

Aquella extensión de muerte llamó mi atención de forma notable, y tengo que admitir que sentí un extraño magnetismo por la casa, pero más aún por el ejército de lápidas de piedra agrietadas y cubiertas de musgo que componía el paisaje trasero de la edificación. Aquel paraje parecía un cuadro de pinceladas sombrías, sacado de la mente de un perturbado amante de los gustos más sádicos y macabros que cualquier ser humano pudiera imaginar. Era grotesco, y sin embargo, no era capaz de desviar mi mirada hacia otro lado.

La persona responsable de mostrarme mi nueva adquisición me ilustró sobre la historia de esta, así como del siniestro bosque de losas de piedra tallada que se alzaba ante mí, satisfaciendo mi curiosidad.

Se trataba de una casa Victoriana de mediados del siglo XIX hecha en piedra de tonos grises, opacos, en la cual predominaba el estilo gótico. Había sido construida sobre un antiguo monasterio de frailes que llevaban una vida de clausura y dedicación a su fe.

Según me relató aquel hombre de mirada extraña, aspecto desaliñado e indumentaria hortera, un gran incendio consumió el templo, reduciéndolo a cenizas. No hubo supervivientes. Solo el cementerio privado de la orden, donde descansaban todos los religiosos desde que el monasterio se erigió hasta que las llamas consumieron sus cimientos, logró permanecer en pie.

Los lustros se convirtieron en décadas y estas en siglos que precipitaron al olvido el lugar, hasta que alguien, desde el anonimato, adquirió estas tierras. Mandó construir la casa dando él mismo las directrices de la construcción, siendo muy meticuloso y preciso con lo que quería y por algún motivo desconocido ordenó conservar el cementerio. Si embargo, el antiguo dueño nunca la habitó ni dio su identidad a conocer. Ni siquiera vino a verla una vez acabada. Simplemente desapareció sin dejar escritos, herederos o instrucciones. Ahora, todo aquello, era mío.

Contemplar la impresionante vivienda me hipnotizaba. Sus imponentes muros de dos plantas, se alzaban esplendorosos y firmes, sirviendo de apoyo a un tejado inclinado a dos aguas negro como la noche. Los vitrales que poseía aportaban un arcoíris de colores vivos a todas las estancias cuando el sol incidía sobre ellos. El mobiliario era de la época de la casa, hablaba historia solo con observarlo. En la parte posterior había un porche hecho en madera de caoba con extrañas figuras grotescas y paganas talladas en las columnas sobre las que descansaban varias vigas que sostenían el techo. Aquel porche, con esos desgarradores centinelas, para los cuales no encuentro palabras que puedan describirlos, salvaguardaban el umbral que servía a su vez como mirador del cementerio donde descansaban los restos de los religiosos.

Una gran espesura de árboles rodeaba el lugar, destacando la abundancia de enormes cipreses. Sin duda el desconocido encargado de tales construcciones y de expresar su deseo de dejar el cementerio donde estaba era una persona retorcida y de un gusto… dantesco. No obstante, compartíamos las mismas inclinaciones por aquel "paisaje" pues yo no dudaba que ese lugar me aportaría la comodidad, tranquilidad y el bienestar que buscaba.

Los primeros días los dediqué a instalarme. La casa causaba en mí tal atracción que decidí trasladarme a ella de forma permanente en lugar de tenerla como residencia de fin de semana.

De todas sus amplias salas, ocupaba mayor parte de mi tiempo en una ubicada en la segunda planta. Allí había dispuesto una librería con mis ejemplares favoritos y una docena de jaulas colgando del techo con mis queridos pájaros. Canarios, ruiseñores, jilgueros… no podía encontrar mayor gozo que estar rodeado de mis amadas aves, relajarme y perderme en los agradables sonidos de sus cantos al calor del fuego de la chimenea mientras leía un libro. Solía hacerlo recostado sobre un diván de terciopelo rojo, alumbrado por una infinidad de candelabros.

Cuando el ocaso auguraba el final del día, apagaba el fuego, cubría las jaulas con sábanas para dejar descansar a los pájaros y me desplazaba a otra alcoba a reposar.

El despunte del alba llegaba hasta mí en forma de rayos azules, rojizos o verdosos cuando el sol se alzaba sobre los vitrales de mi habitación, despertándome con dulzura. No podía empezar el día de mejor manera.

Alimentaba a los pájaros y me retiraba a mis labores diarias. Mi vida estaba rebosante de una organizada monotonía que adoraba. Los días laborables trabajar sin pausa, los ansiados fines de semana descanso, literatura y mis pequeños y emplumados amores, los pájaros. Terminado el ciclo, este empezaba a rodar de nuevo, hasta que pasada la primera semana habitando la imponente mansión ocurrió algo que lo cambiaria todo.

Llevaba algunos días sin pegar ojo, aquejado por unas fuertes migrañas que aparecieron por las noches, ocasionándome tal dolor que me costaba mantenerme en pie.

Me desplazaba despacio, vagando por los largos corredores a oscuras, sin más sonidos que el eco de mis propios pasos, no podía evitar observar como la casa parecía transformarse. El hogar cálido que tanta paz me aportaba se perdía con la luz del sol, convirtiendo su apariencia en un lugar desolador que me acongojaba. Me inundaba en todo momento la sensación de estar siendo observado por la propia casa, una percepción que me estremecía y afligía mi acelerado corazón.

Los ojos invisibles de mí más que probable ilusorio acosador clavados en mi persona originaban un pavor al cual solo podía responder apresurando el paso para encerrarme en mis aposentos hasta el despuntar de la luz del día. Al llegar a la sala donde descansaba, cerré la puerta e intenté recobrar el aliento y tranquilizar mi acelerada respiración sin éxito.

Desde uno de los vitrales de mi habitación, podía apreciarse, de forma difuminada, el tenebroso e inmenso bosque del que surgían los sonidos de los seres de la noche. Aquellos gemidos… no puedo sacarlos de mi cabeza. Rugidos de bestias amenazantes, escondidas entre los cipreses danzantes por la fuerza del frío viento me rodeaban, dotando a todo el lugar de un halo tenebroso y sombrío que me estremecía. Imaginaba qué tipo de criaturas aguardaban hambrientas tras la barrera de los árboles del cementerio. Un camposanto que todas las noches se veía envuelto en una densa bruma, una niebla espectral que serpenteaba entre las lapidas y se extendía por las cercanías de la casa corrompiendo su belleza, infectando cada rincón de esta con el hedor de la muerte hasta que no quedaba más que un ambiente sepulcral envuelto por un incómodo silencio. En aquellos momentos me arrepentía de, como mi antecesor, decidir mantener el cementerio donde se encontraba. Algo, un sentimiento que no puedo explicar, me atraía de él y me aterraba al mismo tiempo. Por otro lado, pensé que los que dormían el sueño eterno bajo esa tierra, merecían un respeto que mi persona no debía alterar.

Decidí no darle más vueltas a la cabeza e intentar descansar.

—Es mi sugestión —me decía a mí mismo. Había estado leyendo algún ejemplar de terror y sin duda ese hecho me estaba condicionando. ¿O quizás no?

CAPITULO 2

TORMENTO

El eco de unos pasos sonaba en la lejanía. Abrí los ojos y palidecí. No sé cómo, pero había abandonado mi habitación. Me encontraba frente a un túnel de piedra repleto de arcos de medio punto que se perdían en el infinito, otorgándole el aspecto de bóveda de cañón. Creí estar soñando, pero mis sentidos me decían que estaba despierto. Podía oler el hedor a muerte y podredumbre que emanaba desde el oscuro fondo del pasaje. Al tocar la piedra, un frío indescriptible recorrió mi piel.

Aterrado, me di la vuelta para volver tras los pasos que de forma inconsciente había estado dando, pero al girarme solo pude ver el mismo tétrico y espantoso túnel, perdiéndose en el infinito.

El miedo me paralizó. Me hallaba en mitad de un pasaje desconocido que no parecía acabar nunca. No sabía cómo había llegado hasta allí, y lo que era peor, desconocía el medio para volver.

Del fondo de las fauces de aquel infierno comenzaron a emerger ellas. Las sombras. Los fantasmas recorrían el túnel en mi dirección, amenazantes. Cerré los ojos, apretando con fuerza.

Al abrirlos, había vuelto a mi cama. Me incorporé sobresaltado envuelto en sudor mientras observaba como varios de esos seres encapuchados se desplazaban por las paredes, abandonando mis aposentos.

Acababa de realizar mi primer viaje dimensional, ¿Cómo explicarlo de otra manera? Y había presenciado la primera de muchas manifestaciones de los fantasmas que habitaban la casa.

Con el paso de los días, comencé a sentir pavor al cerrar los ojos y más aún a abrirlos. El dolor de cabeza se acentuó. Los mundos oníricos desconocidos que visitaba durante la noche hacían nacer en mi interior un sentimiento de terror al presenciar los horrores que esos seres me obligaban a presenciar. Me atemorizaba el incógnito umbral que se alzaba ante mí y las terribles visiones que estos me mostraban, imágenes que ningún mortal podría soportar.

Durante el día me encontraba con la eterna persecución y tortura de aquellos espectros salidos de las lejanas tierras de mis pesadillas.

Sueños… los sueños son como morir todos los días. Tu alma se libera, viajando a planos y dimensiones igual de reales que el nuestro, pero desconocidos y aterradores. En mi caso, dormir era un tormento y estar despierto una agonía.

El cansancio me afectó, doblegando mi cuerpo y mente. Comencé a descuidar mi imagen y obvié atender mis obligaciones, así como a mis pájaros. Me convertí en un hombre solitario, aislándome de toda vida social y evitando la compañía de otros seres humanos, encerrándome tras los muros de mi antigua casa. Dejé de leer, los malos sueños impedían mi descanso y alteraban mi percepción de la mansión. Ya no me resultaba cálida, acogedora o un sitio que transmitiera bienestar. Se transformó en una extensión del cementerio, un horrible páramo helado, donde la muerte andaba a sus anchas, extendiendo su negro manto. Los grisáceos muros de la casa, se fundían en un tenebroso abrazo con las imágenes inquietantes de los pasajes de mis pesadillas, trayéndolas desde el plano espectral donde me hundía por las noches hasta esta realidad como si atravesaran un vórtice dimensional e irreal.

Los vitrales apagaron sus vivos y cálidos colores para observarme desde unas oquedades oscuras y vacías. Aquellas miradas me estremecían y mi delirio aumentaba conforme los días se sucedían.

Los espectros encapuchados deambulaban por los pasillos de mi casa como un ladrón que entra en la oscuridad. Sus voces, esos agudos y horrorosos sonidos, intentaban manipularme ¡Me daban órdenes! ¡Me exigieron hacer cosas que repugnancia me da recordar! Ignoraba qué era lo que deseaban esas abominaciones de mí, quizás solo atormentarme, o tal vez, querían algo más… pero todas las dudas se perdían en la tortura a la que era sometida mi mente, dejando solo un interrogante. ¿Por qué yo?

Mi espíritu, al límite de la desesperación gritaba, lloraba para que desistieran en sus fustigaciones y tener algo de tranquilidad, pero solo conseguía un alivio momentáneo, pues al cabo de un corto periodo, volvían. Y así, me vi inmerso en un bucle de tormento infinito sin descanso.

Pensé en varias ocasiones abandonar aquel maldito paraje y dejarlo a su suerte como hiciera mi predecesor, pero era incapaz. El lugar ejercía sobre mí un extraño hechizo que me impedía abandonarlo. Se había transformado en una prisión que me consumía, un portal a mundos oníricos que invadían la realidad, doblegando mi mente sin darme la oportunidad de escapar.

En mitad de mi desgracia, vi una luz de esperanza, refugiándome en el lugar que más paz y sosiego me había aportado mis primeros días en el edificio: la sala de lectura del segundo piso. Aquel espacio era el único de la casa que no parecía variar su gesto ante los horrores que llevaba días sufriendo.

Cerré las puertas con llave, esperando así, dejar fuera de alcance las voces, sombras y el putrefacto esperpento arquitectónico en el que se había transformado mi hogar.

Dentro, me recibió el cálido fuego de la chimenea, mis adorados libros y el cantarín silbido de mis pájaros, acogiéndome ajenos a todas mis desdichas, como si me perdonaran por esos días de dejadez y abandono que tuve hacia ellos.

Sentí el alivio y la seguridad que buscaba desde hacía días. Aquella sala era la única que parecía imperturbable a los fantasmas que acechaban fuera. Me acerqué a la biblioteca y escogí un libro al azar. Después, llamado por el vigoroso fuego, me senté en el diván frente a la chimenea y me perdí entre letras y los cánticos de las aves, arropado en todo momento por el cálido fulgor del fuego.

Pudieron pasar horas, ¿Qué más daba? Me sentía bien, libre desde hacía días, mi mente encontró el ansiado descanso y deseaba que el tiempo se detuviera en ese instante. Dentro estaba a salvo de la influencia que el resto del lugar ejercía sobre mí. Fuera me aguardaba la locura, la frontera de lo desconocido abriéndose paso hasta esta realidad para atormentarme. Tras la puerta estaban ellas y sus desgarradoras voces.

Un extraño chillido me sacó de la lectura, devolviéndome de nuevo a mi realidad. Levanté la vista, nada. Al instante se le sumó otro… y uno más. Estos últimos se vieron acompañados de una serie de aleteos, penetrando en mi cabeza como si una bestia clavara sus afiladas garras en mi cráneo.

Incomodado, y sin poder concentrarme en la lectura, me di la vuelta, buscando el origen de aquellos sonidos. Aún me cuesta expresar lo que vi… y lo que ocurrió momentos después.

Las sombras habían penetrado en la sala, se manifestaron frente a mí, congregándose alrededor de las casas colgantes de mis amadas mascotas, extendiendo sus siniestros brazos hacia ellas. Estas, asustadas, chillaban y aleteaban intentando escapar de sus moradas de metal como si de una mazmorra se tratase.

Eran sus voces, esos susurros inhumanos y espeluznantes los que originaban el estado de los pájaros, que, al igual que pasara conmigo desde hacía días, parecía germinar en ellos sentimientos de angustia, terror y locura.

Los susurros se agravaban y a su vez, el aleteo y chillido de las aves. Algunas comenzaron a golpearse contra los barrotes de sus jaulas en un desesperado intento por escapar de las espectrales apariciones.

El fuego se apagó, disipando los tonos rojizos y cálidos de la habitación, dejándola fría y oscura como las tumbas del cementerio que nos rodeaba. Entonces comencé a escuchar más murmullos tras de mí. Frente a la chimenea, se habían manifestado más espectros que me observaban desde las oquedades vacías de sus capuchas. No sé describir que sentimiento era peor, si el tormento de sus voces o la impresión de estar siendo observado por esos seres sin rostro o expresión.

Incansables, volvieron a darme órdenes. Era una única palabra. Escucharla de nuevo o pronunciarla yo mismo provoca que mi corazón se estremezca. Una… solo una… repetida innumerables veces por cada uno de esos seres. Una palabra, en principio inocente, pero que malentendida, o siendo escuchada por mentes débiles y manipulables, puede ocasionar mucho dolor y sufrimiento.

Lo que las apariciones susurraban sin cesar era: “Hazlo”.

Retrocedí. “Hazlo”, una y otra vez, aquella cantinela penetró en mi cabeza corrompiéndome, llevándome al delirio, a la frontera de la locura más amarga que un hombre pudiera soportar.

Mi espalda se topó con unas de las jaulas, el sobresalto me hizo caer sobre el pavimento enmoquetado. “Hazlo”. Desde el suelo me encogí como un gusano en un anzuelo que lucha por la supervivencia. Me cubrí los oídos con las manos e intenté escapar de mis sentidos. Las voces se hacían cada vez más insoportables. Y a ellas se sumaron los chillidos de los pájaros y su aleteo.

Aquel cóctel de sonidos me hizo traspasar el umbral, la frontera de la realidad que ningún hombre debe atravesar. Tras días de tortura, viajes a dimensiones y planos aterradores que otras personas no hubieran podido soportar, mis inquisidores se habían hecho con el control en el corazón de la única serenidad que me quedaba: mi sala de lectura.

No sabría explicar que demonio se apoderó de mí. Sentí como el alma se desgarraba de mi cuerpo, transformándome en una bestia inhumana fruto de un extraño frenesí. Gritando, y fuera de toda lógica racional, agarré las jaulas con ferocidad, las abrí y uno a uno descabecé a los pájaros con mis propias manos, arrojando sus cuerpos decapitados a mis pies hasta que sus odiosos chillidos se extinguieron.

Cuando terminé la macabra acción y el sentido de la razón volvió a mi ser, comprobé asombrado que el fuego ardía de nuevo en la chimenea, llenando la habitación con su calor, las sombras no estaban y sus instigaciones se desvanecieron con ellas.

Entonces, querido amigo fui consciente de lo que había hecho, miré mis manos temblorosas, ensangrentadas y me arrodillé para estar cerca de mis emplumadas mascotas. Lloré de forma amarga, hasta que la fatiga me hizo dormirme sobre la moqueta manchada de la sangre de mis pájaros.

A pesar de yacer en el suelo, logré descansar, sin pesadillas, sin viajes, ni sombras o voces que me atormentaran como lo vinieron haciendo desde no sé cuanto tiempo.

CAPITULO 3

FRONTERA ATEMPORAL

Asesino…

El eco de esa palabra me perseguía por la soledad de mi hogar, por el silencio que habían dejado la ausencia de sus cantarines silbidos. Se instaló en mi conciencia para provocarme grandes angustias y pesares.

Asesino…

En los días que precedieron a esa noche, la única locura que me persiguió, fue la culpa por mi macabro asesinato, porque no puedo llamarlo de otra manera, y mi compañía fue un absoluto silencio. Yo los adoraba como si fueran hijos, y mis actos solo conseguían que me asqueara de mí mismo cuando me miraba en el espejo y este me devolvía la imagen de un desconocido, el reflejo del monstruo en el que me había convertido.

Las sombras se desvanecieron y no volvían, las pesadillas terminaron y la "influencia" que parecía tener el cementerio sobre la casa y mi persona también desapareció. Pero el precio a pagar fue muy alto. Solo cuando me convertí en el verdugo de mis mascotas amadas, me dejaron en paz, esperando que fuera para siempre.

Transcurrieron dos, quizás tres días, no estoy seguro. El concepto del tiempo y espacio se habían distorsionado para mí. Las horas parecían retroceder. El gran reloj al pie de la escalera que emitía un pesado y monótono tic-tac, ahora permanecía enmudecido. Nada parecía avanzar.

En medio de la desolación que vivía, la sombra de Hypnos me cubrió, llevándome con él lejos, donde toda consciencia se pierde. A ese lugar incomprensible para el ser humano al que nos gusta llamar sueños, pero yo sabía que era en realidad uno de aquellos "viajes" que mi espíritu percibía como un infernal tránsito hacia la locura, pues ya no consigo distinguir esos mundos oníricos de la realidad.

Nos desplazamos a gran velocidad por el espacio y tiempo hasta que me vi caminando sobre un lugar que ya conocía. El más pavoroso e inimaginable miedo me invadió adueñándose de mis sentidos. Ante mí se alzaba de nuevo el angosto túnel, con su largo corredor oscuro, apenas iluminado por antorchas que colgaban de las paredes. Estaba petrificado ante el umbral, todo volvía a comenzar, solo conseguí algo de tiempo de paz y normalidad.

Esta vez quise ir más allá, y antes de darme cuenta había penetrado el arcaico y lúgubre corredor. Estuve caminando varios minutos, aquel túnel parecía no acabar nunca. Sus entrañas despedían un hedor pestilente a humedad hasta tal punto que me provocaban náuseas, intentaba respirar lo menos posible aquel aire viciado. Anduve más aún hasta que me pareció ver un umbral de piedra, era un arco apuntado muy antiguo que conducía a un lugar abierto.

Lo atravesé con precaución y como expliqué al principio, de la oscuridad de aquel infierno surgieron nuevas formas de piedra a mi alrededor, Configurando un mundo que nunca antes había visitado.

La negrura se disipó gracias a los plateados rayos de una enorme luna, que me observaba impasible desde el oscuro firmamento.

El lugar en el que me hallaba, parecía la galería de un claustro anclado en un tiempo remoto. Miré alrededor, estaba solo. Una larga hilera de arcos de piedra que bordeaban el recinto, eran mi única compañía. En la plaza donde me encontraba, se vislumbraba un jardín bastante cuidado, dividido por un camino en cruz pavimentado con adoquines.

Vacilante y desconfiado, me acerqué al centro del atrio, alertado por una figura que se erigía en él y que la noche envolvía con su negro manto impidiéndome distinguirla.

A cada paso que daba en su dirección, se hacía más grande, hasta que, finalmente me detuve a un palmo de esta. Los rayos de la luna incidieron en ella desvelando su identidad. Se trataba una imagen en piedra tallada de Jesucristo que miraba al infinito mientras extendía su mano derecha hacia delante, como si estuviera dando la bendición. La izquierda señalaba a su pecho, donde podía verse su corazón.

Se erigía sobre una columna coronada por un capitel de mármol. El conjunto descansaba en una base de piedra rectangular. En dicha peana encontré la siguiente inscripción en latín, un idioma muerto que sin embargo, yo conocía a la perfección:

"Inauguración del Monasterio del Sagrado Corazón de Jesús. Año MCCXXXI-II de Nuestro Señor".

Monasterio… cuando leí esa palabra, un escalofrío me recorrió de pies a cabeza. ¿Acaso me hallaba en el lugar que precedió a mi hogar?

Monasterio. Se supone que estaba sobre un suelo sagrado, sin embargo, lo que mis sentidos percibían era bien distinto. No sabría explicarlo, pero algo maligno acechaba a escondidas.

El silencio del lugar era inquietante, nunca tal ausencia de sonido me había hablado tan claro. Un lenguaje de desolación, abandono, muerte… La brisa arrastraba un aire turbio y pesado que me recordaba a la atmosfera que respiraba en mi morada las noches que el delirio y la locura eran mi única y fiel compañía.

Aquella brisa tóxica traía consigo un susurro, una leve súplica que parecía emanar de la escultura del salvador, indicándome que me girara. Clavé mis ojos en los del cristo, el mudo testigo permanecía vigilante, penetrándome con su pétrea mirada, sacando a flote mis más profundas tinieblas, oscuridad interior que parecía no ser un secreto para él. No fui capaz de sostenerle la mirada y me volví como me pedía aquel susurro.

Admiré que al fondo del claustro una puerta se abría sola, dejando penetrar en el reciento una espesa bruma que me era conocida. Hipnotizado por aquella sepulcral niebla, me dirigí con paso firme hacia ella, perdiéndose mi figura por el siniestro umbral que ante mí se abría, sin saber a qué terrorífica dimensión me transportaría.

Cuando traspasé el portal me encontré fuera del monasterio, en un claro rectangular rodeado de cipreses y cercado por una valla de hierro. En su interior, inalterable, anclado en el tiempo y espacio, se hallaba el camposanto de los religiosos que aún se conservaba en mi hogar.

Por mucho que me atrajera, observarlo me hizo estremecerme. Como dijo el hombre de mirada extraña, la casa se construyó sobre un monasterio, y yo lo tenía ante mí. El onírico viaje me había traído a un pasado remoto. Pero ¿Por qué? ¿Qué querían mostrarme?

Durante unos segundos, como ocurría en mi propia realidad, me quedé hipnotizado contemplando el camposanto, no sé explicar el motivo, pero me sentí en casa. Era una extraña sensación en la que hubiera profundizado más de no ser porque el campanario del monasterio comenzó a sonar, rompiendo el silencio de aquel sepulcral claustro.

El fúnebre canto de las campanas se extendió por todos los rincones. Su voz melancólica resonaba entre los arcos fundiéndose con él, haciéndose un solo ser, llegando hasta el cementerio para dotarlo de un halo fantasmal como nunca pude apreciar desde los vitrales de la casa.

Entre la negrura de aquel paisaje, percibí que algo se movía por la hilera de lápidas. Escondiéndose tras ellas. Lo hacía de forma lenta, fundiéndose en la oscuridad, hasta que desapareció atravesando el umbral que me había traído a ese paraje tenebroso.

No pude contener mi curiosidad y me aventuré perseguir a lo que quiera que fuera el ser que me precedía.

Un hombre encapuchado, muy similar a las sombras que me atormentaban, atravesó el claustro, perdiéndose entre la arquería por una puerta apuntada de doble hoja.

Le seguí, traspasando el arco. Un fuerte olor a cera e incienso me recibió. Despacio, el abismo oscuro que me rodeaba se evaporó y aprecié que me hallaba en una antigua capilla.

La poca iluminación de las antorchas me dejó distinguir un puñado de bancos de madera dispuestos cerca de un altar de piedra. Tras él, una imagen de Jesús crucificado presidía el templo. A sus pies, iluminado por la luz anaranjada del fuego, ya no sabría decir si sacada de una pesadilla o del mundo real, se encontraba el espectral ser encapuchado.

Cuando lo vi, una punzada fría me atravesó el alma, los gruesos muros de piedra parecían encogerse, estrechando la capilla, provocándome una fuerte ansiedad. Por mi frente se derramó un sudor frío y comencé a temblar. Él, me miraba desde el fondo de la capilla. Sentí como sus invisibles ojos, escondidos bajo la sombra de la capucha que envolvía su faz, penetraban en mi ser desde la oscuridad de un rostro imperceptible e inexpresivo.

Durante unos segundos se quedó así, y yo, paralizado por el temor que me inspiraba aquella aparición, era incapaz de moverme. Después, como si no me hubiera visto, se dio la vuelta y se desvaneció detrás del altar.

CAPITULO 4
TZULTET Y LAS SOMBRAS QUE NACIERON DE LA LUZ

La Capilla enmudeció tras el estruendo ocasionado por la evaporación del fantasma. El incómodo silencio y la oscuridad dotaban al templo de una atmósfera terrorífica, camuflando su sagrada naturaleza, disfrazándola de un aspecto maligno.

Tardé unos segundos en poder moverme. Cuando lo logré, avancé con paso vacilante hacia el altar. El eco de mis pisadas resonaba por toda la capilla, devolviéndome vibraciones que consiguieron que en varias ocasiones mirara hacia atrás para asegurarme de que estaba solo. Cuando llegué al punto donde la sombra se había evaporado, descubrí una trampilla que descendía hacia una especie de sótano bañado por una espesa negrura. El encapuchado tuvo que descender por ella.

Vacilé sobre qué hacer. Una sensación de rechazo luchaba contra mis deseos de seguir al hombre que había descendido antes que yo. Ahí abajo sucedía algo que era capaz de poner en alerta a mi subconsciente, pero si no seguía adelante, quizás nunca descubriría que eran esos fantasmas que habitaban mi casa, y que era lo que esperaban de mí.

Levanté la pesada portezuela y miré abajo, oscuridad. Fría y densas tinieblas dibujaban una barrera que me impedía ver lo que se escondía al final de una escalera de madera carcomida que descendía a tal abismo. Debía de ser poco profundo, pues desde mi posición me llegaban los ecos de unos extraños cánticos.

Con cuidado, comencé a descender. La madera crujió con intensidad y tentado estuve de retornar escalera arriba por miedo a que esta se desplomara mientras me encontraba sobre ella. Me detuve, y el crujir de los peldaños cesó, inicié entonces el descenso de nuevo con más precaución.

Diez… Quince… Veinte… Por fin mis pies tocaron suelo firme. El olor a tierra mojada confirmó el pensamiento que me asaltó mientras descendía por la escalera. Estaba en una especie de cueva escondida bajo el nivel del suelo, quizás a pocos metros del cementerio dado el recorrido y la orientación en la que creía encontrarme.

No puedo, por más que me esfuerce, describir el túnel donde me habían traído mis pasos. La oscuridad era tan espesa que no podía apreciar ni mis propias manos. Palpando, toqué algo sólido, de una textura arenosa e intuí que se trataba de una de las paredes del pasadizo en el que me hallaba.

—Es un pasaje oculto. —me dije a mi mismo, dada la dificultad para encontrar la entrada de la gruta, la poca o nula iluminación de la que gozaba dicho camino y la circunstancia en la que la sombra había accedido a él. Me preguntaba qué escondería el final del túnel. ¿Tendría relación con lo que me estaba ocurriendo? La respuesta se dibujaba en mi mente cada vez más nítida.

Tras avanzar un poco, vi una luz anaranjada, los cánticos se hicieron más fuertes e intensos. Apresuré el paso, hasta que aquel punto minúsculo de luz, se transformó en una puerta doble, la cual tenía una de sus hojas entornada, de cuya hendidura, salían los bailarines reflejos que me habían guiado hasta ahí.

Vacilante, me acerqueé a ella y miré por la rendija sin abrir la hoja. Lo que presencié quedó grabado en mis retinas para la eternidad. Tras las puertas, divise una cripta pequeña, octogonal, iluminada por dos antorchas de poco tamaño, que aportaban una luz muy tenue sobre la estancia, dejándola en penumbra. Sus muros de piedra emulaban los del túnel de mis primeras pesadillas. Cuando los vi, las sensaciones que sentía en la casa me invadieron sin previo aviso. Era extraño, tal vez empezaba a confundir a que dimensión pertenecía la mansión y yo mismo, pero el caso es que sentía que toda esa maldad que me atormentaba emanaba de esa habitación.

Los cánticos me sacaron de aquellos pensamientos y me centré en no perder detalle de la escena que se desarrollaba ante mí. De la penumbra que escondían siete de las ocho paredes surgieron seres que yo ya conocía muy bien. ¡Eran los fantasmas encapuchados que vagaban por mi casa!

Estaban presentes, como hombres de carne y hueso, cosa que no podía decir de las apariciones de la casa. Parecía tratarse de religiosos, dado lo que podía apreciar de sus hábitos oscuros. Hombres o espectros no tenía importancia. Sus semblantes seguían siendo los mismos, solo tenerlos cerca hacía que se me erizada todo el vello del cuerpo.

Cantaban una especie de oración imperceptible para mí, mientras se acercaban despacio al centro de la cámara. Sin duda parecían estar invocando algo con algún rito arcaico o ancestral.

Conté más de una docena de congregantes. Estos se detuvieron al llegar a un símbolo trazado en el suelo. Agudicé la vista para intentar distinguirlo, pero me fue imposible dada la escasez de luz.

De pronto, como si formara parte del ceremonial, el muro del fondo, que se encontraba frente a mí y era el único que se mantenía envuelto en una total oscuridad, expulsó dos lenguas de fuego que encendieron unos braseros metálicos. Los asistentes fueron pasando por delante de las brasas y prendieron las antorchas que portaban en sus manos. Cuando la última de ellas encendió su luminaria, todas volvieron a su lugar y extendieron las antorchas.

La iluminación de la caverna mejoró de forma considerable. En las paredes comenzaron a dibujarse losas correspondientes a sepulturas. El lugar era una catacumba donde descansaban los compañeros religiosos como en el cementerio.

La nueva iluminación no desveló los rostros de mis acosadores, pero si pude apreciar que la cripta octogonal se sostenía sobre ocho columnas dispuestas en círculo cerca del centro de la estancia. El extraño símbolo reveló ahora su naturaleza, se trataba de un pentáculo grabado o tallado sobre el suelo de madera de aquel extraño recinto, sin duda dedicado a un culto muy diferente al que se practicaba en la capilla a unos metros más arriba, en la superficie.

Pero lo más tétrico sin duda, fue descubrir lo que desveló la octava pared. Las tinieblas se evaporaron, mostrando un altar de piedra. Una mujer de mediana edad yacía tumbada sobre él, desnuda, encadenada con sus extremidades en cruz. Sus ojos reflejaban miedo y desesperación. Intentaba gritar pidiendo auxilio, pero la mordaza que cubría su boca lo impedía. Comenzó a llorar después de dirigir su mirada a la estancia, como si supiera lo que le deparaba el destino. Tras ella, se alzaba una imagen en piedra de un crucificado invertido con la cabeza dada la vuelta mirando hacia el madero de la cruz. Por último, el muro oscuro de esa octava pared desveló sus secretos al ser iluminado por el fuego. Se trataba de cuatro grabados arcaicos y paganos colocados en torno a otro central de dimensiones superiores al resto. Uno de ellos reproducía a hombres ofreciendo sacrificios humanos a una deidad a cambio de conocimientos y poder. Otro grabado representaba a personas corrompidas, manipuladas por ese ser que parecía que los incitaba a cometer homicidios y sembrar caos.

El tercero mostraba una imagen similar a la que tenía delante, congregantes en una sala parecían estar invocando algo. El cuarto estaba deteriorado. Alguien había destrozado la imagen correspondiente a la figura central, este se encontraba en el centro de la reproducción, parecía estar trayendo su reino a nuestro mundo ante sus adoradores. De la imagen borrada emanaban serpientes que se abalanzaban contra los hombres. El grabado central, que correspondía con la representación de la entidad, estaba desfigurado por completo. Solo quedaba intacto una inscripción en la parte inferior: Tzultet.

Por un instante detuve mi inspección, dejándome caer sobre la pared. Estaba en la clandestina cripta de una secta que rendía culto a algún ser maligno y lo hacía bajo los cimientos de un templo cristiano, a escondidas de sus compañeros de monasterio. Empezaba a entender la naturaleza de los espectros que se aparecían en mi hogar, así como de su maldad. Mi miedo aumentaba a cada segundo, cuando recordaba todas las instigaciones a las que mi alma había sido expuesta. ¿Qué era lo que querían de mí?

Aterrado, volví a mirar hacia el interior, las sombras estaban arrodilladas frente a la octava pared. En esta, apareció un ser encapuchado como las otras, pero mucho más alto y esbelto. Si aquellos seres despertaban en mi interior miedo y pavor debido a los episodios que me habían hecho vivir desde hacía días, esta última hizo nacer un sentimiento que no soy capaz de describir con palabras. Incluso desde la lejanía en la que me encontraba podía percibir la maldad que emanaba de él e inundaba toda la sala. Los demás congregantes parecían impregnarse de la oscuridad, malas vibraciones y el hedor a azufre que desprendía aquella aparición que salvo por su apariencia, dudé que fuese humana.

El horrible gigante caminó hasta el pentáculo. A su paso, las demás sombras inclinaban sus invisibles rostros, reverenciando a aquel malévolo líder. Este extendió los brazos, uno de los presentes se levantó ofreciéndole un puñal. El hombre que ocupaba el centro de la sala agarró el arma y se giró hacia el altar donde se encontraba la prisionera. Sin decir nada, inspeccionó el cuerpo desnudo de la cautiva, acto seguido levantó el puñal, sostenido por las dos manos y lo deslizó con fuerza sobre el pecho de la mujer.

Un grito ahogado inundó la cripta, estremeciéndome.

La posición del asesino no me permitía ver lo que ocurría con la pobre desgraciada que yacía sobre la losa de piedra, pero el movimiento de las manos del encapuchado me hizo pensar que estaba cortando la piel de la víctima desde el pecho hasta el vientre.

El carnicero cesó en su actividad, la sangre se deslizaba por la piedra del altar manchando el suelo y los gritos ahogados enmudecieron.

Los presentes alababan al asesino con reverencias y adulaciones.

—¡Salve Tzultet, lleva a cabo tu cometido! ¡Acepta nuestro sacrificio y recompénsanos con lo prometido!

El gigante se dio la vuelta, había soltado el puñal y sostenía en su mano el corazón de la mujer que yacía muerta tras él con el vientre abierto y sus entrañas a la vista.

CAPITULO 5
EL ORIGEN DE LA MALDAD

Unos pasos acelerados se escuchaban por el corredor que yo había atravesado para llegar hasta la puerta donde me hallaba. En cuestión de segundos, la oscuridad del pasadizo se iluminó, dejando ver como un ejército de monjes recorría a toda prisa el pasaje e irrumpía en la cripta.

Cuando entraron como una exhalación en el recinto, pasaron por delante de mí sin percatarse de mi presencia, mi cuerpo no parecía perceptible para sus ojos.

La muchedumbre de religiosos no dirigió palabra alguna a los allí congregados, incluso pasaron por alto el cadáver de la mujer. Solo se dedicaron a apresar a los presentes ante la resistencia de estos que gritaban pidiendo clemencia.

Todos fueron sacados de la sala por la fuerza, llevándolos hasta el final del túnel entre gritos de amargura. Solo el hombre de la octava pared, si es que se le podía definir como tal, caminaba tranquilo, sosegado, no parecía alterado lo más mínimo por lo que estaba ocurriendo a su alrededor, ese solo fue otro suceso que acentuó mi asombro y terror hacia aquel ser.

Cuando los prisioneros se perdieron por la escalera, me quedé solo. El silencio reinó por toda la gruta y tentado estuve de acceder a la cámara donde las sombras realizaban su culto con la intención de registrarla. Pero desistí al momento. Algo me decía que siguiera a la comitiva, y así lo hice. Volví sobre mis pasos, ascendí por la escalera y regresé al claustro.

Los moradores del monasterio habían amarrado a sus compañeros con cadenas a las columnas del atrio. Estos continuaban gritando desesperados, como animales que son conducidos al matadero contra su voluntad.

Aquellos gemidos eran absorbidos por la oscuridad de la noche, perdiéndose en la nada de la soledad y lejanía de la edificación. El espectáculo era tan horroroso que llegó a germinar en mi alma un sentimiento de pena hacia aquellos seres causantes de mis males.

Yo, cautivado por lo que sucedía, me escondí tras la imagen del Sagrado Corazón de Jesús, que miraba junto a mí la escena desde su pedestal como mudo testigo de los terroríficos y dantescos sucesos que ocurrirían a continuación.

Uno de aquellos monjes de larga barba blanca, rostro arrugado y ojos profundos alzó una mano y se dirigió a los prisioneros.

—¡¿Renunciáis al maligno y aceptáis a Dios Nuestro Señor como en el pasado jurasteis con vuestros votos ahora rotos en el pecado!?— Cuando el anciano pronunció aquella pregunta, los gritos cesaron, y un silencio sepulcral, se adueñó del claustro, roto tan solo por el leve silbar del viento. El anciano repitió la pregunta. Silencio de nuevo.

—Muy bien. No tenemos más opción que purificar vuestras almas con el fuego Santo de Nuestro Señor. —dijo el anciano con la cabeza cabizbaja.

Uno de los monjes le acercó una antorcha encendida. Él, antes de cogerla, pronunció una oración, bendijo el fuego y la agarró con fuerza extendiéndola hacia los demás monjes. Estos se acercaron al anciano repitiendo la acción que este había realizado.

Otro grupo de frailes colocó montones de paja alrededor y sobre los pies de los condenados mientras que el anciano y los religiosos que portaban el fuego purificador, que serviría de verdugo de sus compañeros descarriados, se colocaron en hilera. Una antorcha por condenado.

A una señal del anciano, los frailes se acercaron a los que habían sido sus hermanos de orden y prendieron la paja. Los cuerpos de los que yo llamaba sombras comenzaron a ser consumidos por el fuego, solo el gigante quedóexcluido de este acto.

Los gritos de muerte, agonía y desesperanza se extendieron por el claustro mientras las llamas trepaban por los cuerpos de los prisioneros. Si los gemidos anteriores me parecieron horrorosos, estos resultaron insoportables para mi espíritu y mente. Los Ajusticiados aullaban de dolor entre súplicas a su líder y solicitando piedad a los monjes que observaban cómo sus cuerpos se deformaban con lentitud, desprendiendo un olor nauseabundo a quemado.

Aquellos alaridos hicieron retumbar los mismísimos cimientos del templo, el suelo comenzó a temblar bajo mis pies. Asustado, me agarré con fuerza al pedestal del cristo y levanté la mirada hacia él. Ante mi asombro, su expresión había variado, de su rostro entristecido brotaron lágrimas de tonos escarlatas que se derramaban por toda la imagen. Esta se comenzó a resquebrajar, rompiéndose en varios trozos y desplomándose sobre el pavimento.

El temblor y la destrucción de la imponente escultura llamó la atención de los frailes. Pude observar que sus rostros reflejaban pavor y confusión por como los acontecimientos se sucedían.

Pero el anciano permanecía impasible, sosegado, con su profunda mirada clavada en el maligno gigante. Con paso firme se acercó a él y cuando deslizó la antorcha cerca de su oscura capucha no pudo disimular el miedo al descubrir que esta no escondía ningún rostro.

De sus labios, aún temblorosos como todo su cuerpo, consiguieron salir palabras firmes hacia aquel ser.

—Llevo viviendo en este lugar sagrado más años de los que mi mente es capaz de recordar. Conozco desde el primero hasta el último de mis frailes. Son mi familia, mis compañeros de viaje en esta vida dedicada a la humildad y la oración. Pero tú, ¿Qué eres tú? Has corrompido el espíritu de muchos de mis hombres que yacen ahora pasto de las llamas en un infinito sufrimiento. ¿¡Quién es capaz de cometer las atrocidades que hemos presenciado ahí abajo, en la casa de Dios sin inmutarse!?

—¿Lugar sagrado? ¿Hogar del altísimo? —dijo el encapuchado en tono sereno con una voz ronca y cortante que hizo estremecerme—. Este lugar ya no es la casa de Dios, viejo. Ellos ya no son tus hombres. Ahora me pertenecen a mí. ¿Qué hace vuestro Dios por vosotros? ¿Escucha vuestras oraciones? ¿Contesta a vuestra patética suplica? No, se queda cruzado de brazos sembrando la duda de su existencia. Yo en cambio. Estoy aquí entre mis súbditos. Y en verdad te digo que antes de que acabe esta noche, todos descansaréis en el abismo del mundo de donde yo procedo. Cuando probéis el fuego de mi reino, que consumirá vuestras almas eternamente, me suplicaréis quemaros en las patéticas llamas que invocáis en nombre de ese bufón al que adoráis como Dios. Pero no te preocupes, mis súbditos volverán para que se cumpla mi deuda con ellos y se haga mi voluntad. ¿Quién soy? —preguntó con tono irónico— Soy el caos, la destrucción, soy el que corrompe y pudre la tierra.

Dios ya no está aquí viejo, desde hoy este lugar solo sabrá traer maldad y desesperanza a sus moradores.

Aquella frase se clavó en mi mente como un frío cuchillo afilado. Hubiera profundizado más en su significado de no ser porque cuando el anciano se disponía a purificar a aquel ser abominable las ataduras de los que se consumían en el fuego se soltaron por arte de magia cuando el gigante terminó su discurso, dejando libres sus cuerpos incendiados.

Lejos de desplomarse en el suelo muertos, aquellas masas de carne quemada se convirtieron en armas incendiarias que se abalanzaron contra sus antiguos compañeros sin piedad alguna, sellando su destino.

Propagaron el fuego de manera tan fugaz que de haber parpadeado hubiera perdido los detalles de tal atrocidad.

El aire comenzó a contaminarse de aullidos de muerte, los religiosos se dispersaron por todos los rincones del claustro perdiéndose algunos por los largos pasillos del recinto. Por donde pasaban, dejaban una estela de caos y llamas que se esparcían devorando cada rincón del claustro.

Los gritos se intensificaban conforme el fuego pasaba de una estancia a otra, incendiando todo el templo con la facilidad con la que una plaga causa sus estragos. Los árboles del jardín se convirtieron en gigantescas lenguas de fuego, el calor y olor a quemado eran insoportables.

Poco a poco el silencio se fue adueñando del lugar cuando los cuerpos sin vida de los religiosos iban cayendo a tierra consumidos por las llamas.

Aquel templo sagrado, corrompido por la oscuridad, transformó su paisaje convirtiéndose en lo que podría describir como el mismísimo infierno. El edificio comenzó a retorcerse, las incendiadas vigas de madera que sujetaban los altos techos se desplomaban contra el suelo, los muros firmes y sólidos caían a tierra como un castillo de naipes que se desmorona al recibir una pequeña brisa de aire.

Y en medio de toda esa desolación, el anciano cayó de rodillas, admirando como su vida, su hogar, su dedicación absoluta había sido profanada por un culto oscuro y luego destruido pasto de las llamas que él mismo portaba. Observé de lejos como las lágrimas inundaron los ojos de aquel hombre abatido que quedó a merced del gigante. El extraño ser, libre de sus cadenas, se acercaba despacio con una lentitud sobrenatural. Saboreando el momento de su victoria.

—¿Qué... eres...? –volvió a preguntar al anciano con un hilo de voz entrecortada apenas perceptible, presa de un terror que se apreciaba en sus profundos ojos, ahora tan abiertos que parecía que fueran a salirse de sus órbitas.

El gigante se detuvo a unos centímetros de él, y agachándose extendió su brazo, tomando por el cuello al anciano. Este no ofreció resistencia alguna, más bien parecía resignado a aceptar el destino que le deparaba el espectro que tenía delante.

–Tu débil mente no está preparada para una respuesta viejo. Mírate —dijo pasándole la mano por la frente—. Que mente más reducida. Soy el explorador de mundos, nacido para sembrar caos, proporcionar placeres y dolor sin precedentes en todos y cada uno de ellos. Demonio para unos, ángel para otros. Soy el nuevo señor de estas tierras, todo el trabajo de tu vida ha caído en saco roto viejo. Las almas que aquí se creían salvadas, se pudrirán en la pestilencia y amargura de las tinieblas, para eso he sido llamado. He cumplido el encargo que tus propios hombres me encomendaron vejestorio, ahora, consumiré lo que se me ha entregado por derecho y este paraje se convertirá en la antítesis de lo que en su día fue. Donde se cultivaba esperanza ahora se recogerá desesperación y locura. El templo de la vida eterna se oscurece, dando paso a ser el hogar de la muerte, ningún morador de mis dominios tendrá paz y tranquilidad y la tierra se alimentará de la sangre de los hijos de tu Dios. Y como pago, mis adoradores vivirán más allá de la muerte. Vosotros os perderéis en las tinieblas por toda la eternidad.

Tras pronunciar aquellas palabras que maldecían el lugar donde se erigía el monasterio, el encapuchado se incorporó, levantando al anciano del suelo. Ante mi sorpresa, giró la cabeza, mirándome fijamente con ojos invisibles, perdidos dentro de la oscuridad de su capucha negra. Me vio, fue el único que lo hizo desde que llegue a ese lugar. Sé que pudo verme porque lo que dijo a continuación solo lo puedo interpretar como una amenaza hacia mi persona.

—Recuerda esto: La maldad no es abstracta, vive y te siente. Tiene forma, te acecha, alimentándose de tus miedos y tu locura.

Cuando terminó de lanzar aquella amenaza, volvió el rostro hacia el anciano y cerró su puño, oprimiendo el frágil cuello del fraile. Pasados unos segundos cambió la expresión de sus pavorosos ojos, dilatando sus pupilas, perdiendo la mirada, quedando esta vacía, sus brazos se aflojaron, cayendo oscilantes. El anciano, dejo de existir.

Cuando su cuerpo sin vida entró en contacto con el suelo pude ver la auténtica y diabólica naturaleza de su asesino.

Del interior de las mangas de aquella abominación se deslizaban criaturas escamosas, de cabezas bífidas similares a serpientes que se enroscaban por su cuerpo. Trepaban por él, perdiéndose en el interior de la hueca capucha donde comenzaron a brillar dos ojos como carbones incandescentes.

Una vez más percibí un fuerte olor a azufre que salía de aquel demonio disfrazado de religioso al que no pude bautizar con otro nombre que no fuera Tzultet.

En mi mente se dibujó el grabado desfigurado de la cripta, recompuesto ahora con la efigie de la entidad maligna que tenía ante mí. No me equivocaba, aquel hombre, era en realidad un demonio llamado Tzultet.

Me sentí temeroso al presenciar los escalofriantes asesinatos que aquella invocación había cometido.

Todo impulsado por el culto de religiosos que traicionaron sus creencias para venderse a semejante bestia. Pero ¿Por qué? ¿Qué objetivo perseguían al adorar a tal monstruo?

Ya no quedaba nadie con vida en aquel edificio maldecido por sus propios moradores. Habían traído un demonio, una abominación a nuestro mundo que ellos mismos alimentaron con sus oraciones y cantos. Y cuando la bestia se vio fuerte, actuó, sembrando la destrucción que yo estaba presenciando.

"Como pago, mis súbditos vivirán más allá de la muerte" eso explicaba las apariciones de mi casa. El demonio prometió a sus seguidores levantarse después de muertos como pago si ellos le entregaban el monasterio y su adoración, Los monjes buscaban la vida después de la muerte. Ese fue el motivo por el que rendían culto a ese ser demoniaco.

Si mis pensamientos eran ciertos, el mal había triunfado. Traspasando las barreras del tiempo. Aquellos muertos en el incendio se levantaban de sus tumbas para continuar sembrando dolor y sufrimiento a los que moraban en las tierras que le habían entregado a Tzultet.

Y por desgracia, yo era el último habitante vivo de la zona.

Pese a la luz de las llamas que consumían el templo, una extraña negrura lo cubrió todo. De aquel umbral tenebroso aparecieron seres para los cuales no existen palabras que los puedan describir.

Se trataban de criaturas de pesadilla amorfas, horrores que solo podría materializar la mente de un loco. Surgían de la extraña masa negruzca que continuaba extendiéndose por toda la zona, como si el mismísimo averno quisiera tragarse lo poco de sagrado que quedaba en aquel desolador paisaje. Los ojos de tales monstruos brillaban amenazantes en la espesura de las sombras, intimidándome.

Aquellas apariciones me recordaban a los extraños centinelas tallados del porche de la casa. Algunas criaturas tenían un parecido asombroso, pero… no, eso no podía ser…

Las infernales bestias se congregaron en torno a Tzultet, este, extendió sus brazos y el silencio más absoluto se apoderó del lugar. No podía escuchar el silbido del viento, el chasqueo de la madera al quemarse o los cuerpos viscosos y deformes de aquellos seres al andar en torno a su amo. Nada.

Me sentí amenazado por sus miradas clavadas en mí y asqueado por sus repulsivos cuerpos. No podía moverme del terror que estaba experimentando. Recuerdo como el abismo de oscuridad terminó por cubrir la totalidad del lugar, infectando cada rincón, haciéndolo desaparecer todo, el espanto me hizo esconder la cabeza entre las piernas y cerrar los ojos tan fuerte como pude.

El silencio se rompió, expulsando desde el corazón de las tinieblas de nuevo aquella palabra maldita, "Hazlo".

CAPITULO 6

EL ENCINAR

Cuando volví a mi carcasa corpórea estaba tumbado en el suelo, envuelto en un sudor frío y temblando de pies a cabeza. Lo primero que divisó mi borrosa vista fueron los cuerpos en putrefacción cubiertos de gusanos e insectos de mis pájaros y sus cabezas cercenadas que aún yacían sobre la moqueta de la sala de lectura, pues no había tenido el valor de enterrarlos. Toda la estancia estaba bañada del olor de la muerte, un hedor fuerte a podredumbre que comenzó a revolverme las entrañas.

Me incorporé algo aturdido y salí de la habitación dando arcadas, bajé la escalera donde estaba el gran reloj tan deprisa que casi caigo de bruces, pero no me importaba. En ese momento el miedo fue más fuerte que aquella fuerza invisible que me ataba a la casa y conseguí salir de ella después de innumerables semanas vagando solo por los pasillos de ese infierno que representaba la edificación. No miré atrás, continué sendero abajo sin importarme que dirección seguir.

Anduve sin rumbo, de un lado a otro, intentando mantener la mente entretenida en cualquier cosa que no fuera las visiones que había experimentado. Pasaron horas, y la noche me sorprendió en mitad de los caminos.

Medio a ciegas por la oscuridad de un firmamento sin luna, continúe avanzando con torpeza por la senda, intentado no tropezar. Cuando transcurrieron unos segundos, me pareció escuchar pasos tras de mí que se mezclaban con los míos al pisar sobre la tierra del camino. ¿Serian quizás asaltantes esperando a su presa en mitad de la noche? El miedo que ya me invadía se mezcló con la idea de que alguien estuviera acechándome y me hizo detenerme, al mismo tiempo mi perseguidor imitó mi gesto, parando su avance de golpe. Era obvio que alguien me perseguía.

Me mantuve quieto, esperando, siendo incapaz de girarme por el temor que me recorría.

Sentí una respiración gélida cerca de mi nuca, era entrecortada, como de alguien que le costara inhalar el oxígeno, después empezó a hacerse más intensa. Luego más aún. Mi corazón palpitaba deprisa, al ritmo de aquella respiración que me tenía paralizado de miedo. En cualquier momento, mi acosador podría abalanzarse sobre mí y entonces sería mi fin.

Cerré los ojos, con un hilo de voz pregunté si había alguien ahí, no obtuve respuesta. Movido por un impulso, me giré intentando con ese gesto pillar desprevenido a la persona que me acechaba, pudiendo así reaccionar más rápido que ella. Tras de mí se encontraba el sendero vacío, rodeado de encinas y la oscuridad de la noche. Estaba solo, nada más.

Miré a mi alrededor sin saber muy bien que era lo que buscaba. A la izquierda, a la derecha, una vez más a la izquierda, absoluta soledad.

Apresuré el paso, mi vista ya se había adaptado a la penumbra nocturna y podía caminar con soltura. Cuando llevaba un rato deambulando, surgieron de la oscuridad las primeras casas de la que creí que era la localidad más cercana a mi hogar.

Desconocía por completo el lugar al que me habían traído mis pasos. Me hallaba caminando por una calzada de adoquines de aspecto rústico, campestre. A mis laterales crecían fachadas blancas encaladas con ventanas de madera. Estas dibujaban calles desiertas y estrechas que serpenteaban dividiéndose en varias vías que desembocaban en una gran plaza donde se erigía una imponente iglesia.

Durante unos minutos me perdí a propósito por las oscuras y desiertas calles buscando algún habitante del lugar. Me llamó la atención no encontrarme a nadie, ni ver ninguna luminaria que alumbrara el interior de aquellas viviendas campestres. Una idea aterradora me invadió. Quizás, como pasara tras los muros de mi casa, la realidad se estaba fundiendo con los mundos oníricos de mis viajes, generando en mi cabeza una distorsión que no me permitía distinguir entre lo que era real y lo que no lo era. Tal vez no estaba despierto y solo me había transportado de un mundo a otro muy diferente.

Sin saber lo que me aguardaría este nuevo viaje continué andando, sin más compañía que el eco de mis propios pasos al recorrer las frías y solitarias calles de un lugar que cada vez se me antojaba más de pesadilla.

Al cruzar, no sé si la tercera o la cuarta vez por la plaza central, algo llamó mi atención. Era un resplandor amarillento y bailarín que me rozó de reojo cuando me disponía a perderme de nuevo por las calles de ese pueblo fantasmal.

Procedía de las ventanas de una edificación grande, de más de una planta. Sus paredes, como las del resto de viviendas, estaba encaladas en blanco y poseía una estética muy rural que resultaba acogedora. Sobre la enorme puerta podía verse un cartel tallado en madera de pino alumbrado por dos faroles que colgaban de una de las vigas. En el encabezado aparecía una jarra de cerveza y bajo esta un nombre: "El encinar".

La taberna parecía ser el único sitio donde encontrarme con lugareños. Sentía la necesidad de entablar contacto humano después de todas las vivencias y torturas que había padecido. Cuando entré, el lugar estaba vacío. Tan solo se encontraba el mesonero, un hombre gordo y de cara de pocos amigos picada de viruela. Me acerqué hasta él y me senté en uno de los taburetes altos de madera.

Le pedí un trago de la bebida más fuerte de la que dispusiera. El hombre me miró de arriba abajo sin decir nada, se volvió hacia las botellas, escogió una polvorienta que daba la impresión de llevar allí sin utilizar siglos y me sirvió un vaso de su contenido.

En varias ocasiones intenté entablar una conversación con el hombre, preguntándole acerca del paradero de los habitantes del pueblo, el nombre de la localidad y su ubicación. Fue inútil. Aquel desagradable se limitó a limpiar vasos como si yo ni siquiera me encontrara frente a él.

Lo dejé estar y comencé a perderme en la bebida. A cada sorbo que daba me venían a mi atormentada cabeza los acontecimientos vividos y las palabras de aquel ser diabólico. Tzultet. No podía borrar su tenebrosa imagen de mi mente. Desde luego, la historia que me contó el hombre de mirada extraña que me enseñó la casa se quedaba corta. Ahora yo conocía la verdad sobre lo que ocurría en la mansión. Las sombras, esos espectros que me atormentaban, eran los que en vida servían a la deidad demoniaca. Me preguntaba sin cesar el motivo que les impulsó a mostrarme esas visiones infernales. Luego, estaban las palabras que pronunció Tzultet. Profecías que me hacían temblar con solo recordarlas.

Tras apurar dos vasos le pedí al gordo tabernero la botella y continué sirviéndome yo mismo.

Absorto y dominado por los recuerdos tenebrosos de mis visiones y de las preguntas que me asaltaban, no me percaté de que no me encontraba solo en la taberna desde hacía un rato. Una joven chica, de mi edad me atreví a calcular, pues su aspecto desvelaba que rondaría el ecuador de la treintena, se había sentado a mi lado y me observaba con extraña admiración.

Poseía un pelo sedoso, negro como plumas de cuervo, piel blanca y unos hermosísimos ojos verdes.

—¿Es usted forastero? —Su dulce voz resonó en mis oídos como un canto de sirena, no había escuchado nada tan agradable desde la última vez que mis amados pájaros me deleitaron con sus cantarines silbidos.

—Si —respondí apurando un trago—. ¿No es un poco tarde para que una señorita como usted esté en el interior de una taberna? Podría ser peligroso.

—¿Peligroso? —La chica comenzó a reír de forma juguetona—. Se nota que no es de aquí. ¡En este pueblucho de mala muerte nunca pasa nada! La gente vive cuadriculada para el campo y como habrá podido comprobar, todo el mundo se va a dormir muy temprano, solo Ernesto, el tabernero y yo nos atrevemos a trasnochar.

—Ese tipo es un maleducado y un desagradable. He intentado varias veces hablar con él, pero ha actuado como si no estuviera. —Repliqué soltando el vaso.

—Verá, Ernesto es un hombre al que no le gusta que la gente esté cerca. Sufrió mucho de niño y, además, no puede hablar, es mudo de nacimiento.

Dejé escapar una carcajada, la primera en bastante tiempo. Aquella joven había disipado todos mis malos pensamientos en unos segundos, o quizás fuera que al salir de la casa su influencia y la del cementerio se habían desvanecido.

—Por cierto. —dijo la chica buscando el mesonero con la mirada—. ¡Ernesto, sírveme lo mismo que está bebiendo el señor!

Ordené al desagradable desgraciado que no sirviera nada, haciéndole señas para se marchara tras dejar frente a ella un vaso limpio.

El hombre obedeció y se perdió por una puerta al fondo de la taberna. Llené el vaso de la hermosa joven de mi propia botella. Comenzamos a conversar de cosas banales mientras consumíamos el contenido del vidrio. Cuanto más bebíamos crecía un ambiente cercano e íntimo. No sé qué vio en mí, pero era obvio que se sentía a gusto y debo admitir que el sentimiento era recíproco.

—Y dígame. —dijo mientras elevaba el vaso hasta sus rosados labios carnosos—. Si no es de aquí ¿de dónde es usted?

—Por favor tutéame. —le respondí—. Llevamos un largo rato conversando y no veo el motivo para tratarnos con tanta formalidad. En realidad, soy de cerca de estas tierras, vivo en una casa un poco apartada.

—¿No será la mansión del dueño sin rostro verdad?

Aquella afirmación me devolvió a mis pensamientos de tortura, y no pude evitar vislumbrar en mi mente las capuchas de los seres que me atormentaban. Palidecí al instante, así lo tuvo que percibir mi acompañante, pues me preguntó al momento si me encontraba bien.

—Sí, estoy estupendo. —mentí apurando el vaso con la intención de sonsacarle tanto como pudiera de sus conocimientos sobre mi casa—. ¿La mansión del dueño sin rostro habías dicho?

—Si. Por aquí se cuenta que nadie sabe quién la construyó, pero sí que conocen lo que ocurrió allí arriba.

Mi nueva amiga me contó con pelos y señales la historia que ya me había relatado el hombre de mirada extraña y no pudo evitar añadir que la casa estaba encantada. Qué corta se quedaba aquella afirmación. Sin embargo, me sorprendió que los lugareños conocieran también la historia.

—Pues sí, es mi casa. Me instalé en ella hace unos meses.

—¡Al fin algo interesante! —dijo alzando la voz—. ¿Me llevarías a verla? Siempre quise conocer la mansión del dueño sin rostro.

Era obvio que la muchacha escondía otras intenciones, tal vez sexuales. Esa motivación por ver solo una casa, el entablar conversación con un desconocido al que nunca había visto…y el cambio tan radical de tema de conversación…parecía una estratagema para acabar a solas conmigo. Todo era muy sospechoso.

No obstante, la pregunta fue como si me clavaran miles de cuchillos afilados. Mi casa, ese esperpento demoniaco que había abandonado. ¡Quería que la llevara allí! No podía hacer eso. No tenía ni idea de donde pasaría la noche. Desde luego en mi casa no, me negaba a volver tras haber sido testigo de las infamias que esos seres que me atormentaban desde la muerte habían cometido en vida. Y mucho menos volvería acompañado.

Intenté disuadirla argumentando que su casa estaría más cercana que la mía. Si lo que quería era un lugar más íntimo, tardaríamos menos si se trataba de una vivienda de esta localidad.

La chica se levantó de golpe del taburete, insistiendo en su deseo de conocer mi hogar y de continuar la velada allí mismo de forma más íntima. Como había pensado tenía otras intenciones.

Al bajarse del asiento, un anillo de su mano se deslizó hacia el suelo, rodando hasta el otro extremo de la taberna. Me levanté en busca de la sortija, me agaché entre un montón de taburetes apilados y recogí el preciado tesoro de la chica.

Cuando me giré hacia ella, sentí una fuerte punzada en la nuca, y percibí una extraña vibración, como si las puertas del mismísimo infierno se estuvieran abriendo.

Los torturadores de mi mente se manifestaron por primera vez fuera del perímetro del cementerio y de la casa, inundándolo todo con un frío sepulcral, dotando la taberna de una atmósfera fantasmal que para mí era bien conocida. Como pasara en la sala de lectura con mis aves, al elevar la vista, mi acompañante estaba rodeada de las sombras espectrales. Estas acariciaban su pelo y merodeaban tan cerca de ella que extraño me pareció que no se percatara de la presencia de tales abominaciones. Pero así era, la mujer continuaba bebiendo de pie como si nada. Solo yo podía verlas, y eso, me aterraba de sobremanera.

Sentí miedo, un terror indescriptible. En un microsegundo mi cabeza me trasladó a mi sala de lectura, donde aquellas criaturas infernales me manipularon para realizar la aberración que ya conoces y que vergüenza me da solo pensarla. Empecé a temblar, recordé la respiración helada de los oscuros caminos, y esos pasos mezclándose con los míos. Sin duda fueron ellas, comenzando de nuevo sus instigaciones, comprendí que no importaba donde me encontrara, me seguirían hasta los confines de la tierra para que realizara sus deseos. Peticiones que no comprendía, ya que de muchos de sus ininteligibles susurros solo podía entender aquella palabra, "hazlo". ¿Hacer qué? Me repetía para a mí mismo incontables veces. ¿Qué quieren de mí?

Las visiones de los mundos oníricos, volvieron a mi mente de golpe, torturándome, penetrando en mi cabeza. Miré alrededor de aquella taberna espectral buscando a la peor de esas criaturas, a Tzultet, pero no estaba presente, igual que en la casa, no se dignó a aparecer.

Paralizado cerré los ojos intentando tranquilizarme. Al abrirlos todo había vuelto a la normalidad.

Respiré hondo y para no parecer un demente ante mi nueva amiga y el seboso tabernero, que había regresado, me levanté del suelo y me acerqué hasta ella para devolverle el anillo.

CAPITULO 7
EL REGRESO

Minutos después del incidente en la taberna, ambos caminábamos por las frías y solitarias calles en dirección a los oscuros senderos que nos conducirían de nuevo a mi prisión de piedra. No me apetecía en absoluto volver al lugar de mi sufrimiento mental, pero tampoco importaba. Mis acosadores habían llegado más allá de la frontera de la casa y del cementerio, alcanzándome en mitad de un pueblo desconocido. Si no podía librarme de aquellos seres de pesadilla, ¿Qué importaba volver o no a la casa? Es más. ¿Por qué no hacerlo con buena compañía disfrutando de una botella de vino? Tal vez fuera eso lo que necesitaba. Desde que ese extraño magnetismo por el cementerio y la vivienda se apoderó de mi ser, me absorbió por completo, haciendo que cortara todo contacto con otros seres humanos. Un hombre no puede sobrevivir solo sin relacionarse. Cuando uno habita en soledad, sin convivir con los vivos, empieza a ser visitado por los muertos.

Si, lo que necesitaba era disfrutar de la compañía de esa hermosa chica y ella hacer lo mismo con la mía, y dada su forma de actuar, la muchacha así lo deseaba también.

No hablamos mucho durante el camino salvo alguna banalidad sin importancia para esta historia. Recuerdo que pese a estar ambos embriagados por culpa del alcohol, hicimos el camino de regreso en un periodo de tiempo mucho menos extenso de lo que tardé en realizar el de ida. No era de extrañar, pues el terror que vivía en el interior de los muros de la casa, el pánico que experimenté en la arcana cripta, en el claustro y al estar en presencia del demonio encapuchado, traspasaban la delgada línea de lo desconocido hacia una locura contra la que intentaba luchar. Para escapar de esas demenciales visiones y sufrimientos, lo más probable es que deambulara en círculos, de un lado a otro sin rumbo, lo cual hizo que pensara que el camino fuera más extenso de lo que en realidad era.

La casa comenzó a divisarse al fondo de un oscuro horizonte rodeado de cipreses. El camino que ascendíamos colina arriba dibujaba para mí la antesala del averno. Mire a mi nueva amiga, parecía pletórica conforme nos acercábamos a la mansión.

A cada paso que dábamos la casa se alzaba más. Desde la lejanía en la que aún nos encontrábamos, podía sentir como sus oscuras ventanas, esas tenebrosas cuencas vacías, me observaban sin descanso, dentro y fuera de sus muros, vigilándome.

Cuando llegamos, intenté evitar la parte posterior de la casa donde se encontraba el cementerio, tanto por mi visitante como por mí mismo. Abrí la puerta y la invité a entrar.

La chica penetró en la vivienda y se perdió por los pasillos de la planta baja, explorando entusiasmada hasta el más mínimo detalle de la casa. Sorprendido por su falta de modales me situé al pie de la escalera que llevaba al segundo piso, no podía dejar que subiera y descubriera el estado de la sala de lectura. ¿Qué pensaría si encontrara a mis decapitadas mascotas, pudriéndose sobre la moqueta? No, tenía que impedirlo.

—¡Esta casa es estupenda! —dijo entusiasmada. Acercándose donde yo me encontraba, situándose a escasos centímetros de mí. Podía sentir su respiración, su olor, el calor que desprendía su cuerpo—. ¿No vas a enseñarme la planta superior? No he visto ningún dormitorio aquí abajo… y estoy cansada. —me susurro al oído en un tono tan sexual que no pude evitar excitarme, y antes de poder responderle, sus labios rosados se unieron con los míos en una apasionada fusión carnal —. Estoy cansada —susurro de nuevo—. ¿Subimos?

Me sujetó la mano y comenzamos a ascender la escalera, la guié hasta mis aposentos y abriéndole la puerta le indiqué que ya estábamos en el lugar que deseaba. Ella entró, yo hice el gesto de seguirla, pero me lo impidió, sugiriendo que trajera una botella de vino. Accedí, dejándola sola en la habitación. Mientras bajaba, escuché el rechinar de la puerta cerrándose y no pude reprimir la idea de que las sombras aparecieran ante ella. En la fracción de segundo que se manifestaron en la taberna mi acompañante no se dio cuenta… pero ahora estábamos en el interior de sus dominios.

Miré a mi alrededor desde la escalera, la casa parecía yacer en un extraño letargo. No sé si eran los efectos del alcohol, pero no se producían los fenómenos que me habían atormentado tanto tiempo llevándome al límite de mis fronteras mentales. El hedor a muerte proveniente del cementerio, los vitrales apagando sus vivos colores, la bruma espesa que lo envolvía todo, los pasos en mitad de la oscuridad, las voces angustiosas e invisibles, los sonidos de los seres de la noche, los fantasmas encapuchados. Nada, no percibía ninguna de aquellas cosas. Todo estaba "dormido", mi hogar había recuperado algo de la esencia que me cautivó de ella cuando la adquirí.

No le di más vueltas al asunto, una chica hermosa me esperaba impaciente en la planta superior y no era mi intención demorarme.

De la bodega recuperé una botella de vino de muy buena añada y dos copas de cristal fino.

Me dispuse a regresar donde había dejado a la chica y admito que lejos de volver a pensar en los terrores que en la casa estaba viviendo, sentí nervios y excitación por ver lo que me encontraría tras el umbral que conducía a mi habitación. El corazón me latía tan fuerte que pensé que se me escaparía por la boca.

Al llegar, llamé a la puerta y una voz melódica y sensual me invitó a pasar. Cuando traspasé el umbral me recibió una cálida brisa, y presencié un espectáculo difícil de explicar con palabras.

Mi bella acompañante estaba de espaldas a mí, mirando por uno de los vitrales abiertos que dejaba entrar en la estancia una tenue luz nocturna. Su largo cabello negro ondeaba al son del viento, impregnando la habitación de su peculiar olor que llegaba hasta mí, cautivándome. No había vestido bajo aquella melena oscura como la noche. Mi acompañante se había desprendido de él y mostraba ante mi asombro su cuerpo desnudo, bellísimo y de piel suave a clara. Sus piernas eran altas y sus caderas curvas dibujaban un cuerpo de diosa casi perfecto.

Cuando se dio la vuelta pude admirar el brillo de sus penetrantes ojos verdes como el jade clavados en mí. No podía dejar de deleitarme con su figura. El rostro que me miraba parecía de porcelana, sus senos grandes y redondos, toda ella era un ser celestial.

Las piernas empezaron a temblarme. La muchacha apoyó sus codos contra el poyete del vitral y comenzó a devorarme con su mirada como si de una felina se tratase.

Me sentía hipnotizado por la escena que estaba presenciando, tanto, que al principio no me percaté de lo que ocurría. Tras ella surgieron unas siniestras manos oscuras a la altura de sus redondos glúteos. Estas fueron elevándose despacio, acariciando la piel de la chica, extendiéndose por cada centímetro de su torso hasta llegar a sus pechos, a los que se agarraron con fuerza.

Ella no se resistía, parecía no ser consciente del ser que la estaba tocando y pude observar que seguía desnudándome con su mirada seductora.

De la oscuridad que envolvía a la chica surgieron más extremidades que comenzaros a acariciar su largo pelo, deslizándose por sus hombros y brazos, bajando muy despacio en dirección a sus nalgas. Otras se desplazaban por sus piernas hasta llegar a sus caderas.

Y como si nunca se hubieran marchado aparecieron sus enormes capuchas, después sus oscuras túnicas. Las sombras continuaban magreando el cuerpo desnudo de la chica, acercando sus cabezas hasta el cuello, senos y labios de mi acompañante como si esos rostros invisibles lamieran cada centímetro de su piel con sus imperceptibles lenguas bífidas.

La sensualidad y la belleza se tornaron en asco y repulsión. La botella se escurrió de entre las manos, cayendo al suelo y rompiéndose.

Ella no se percató del terror que me inundaba, me continuaba desnudando con la mirada mientras los espectros seguían practicándole esas violaciones carnales con sus manos e invisibles labios, restregándose con su cuerpo cada vez más y más.

—Olvida el vino. ¿Te gusta lo que ves? —Su voz de sirena se volvió desagradable, repugnante a mis oídos —No seas tímido, sé que lo deseas. Puedo ser tuya, hazme tuya ahora —su voz... penetraba en mi ser llenándolo de rechazo y de repugnancia hacia ella.

El olor de la habitación se volvió nauseabundo, respirarlo me provocaba ganas de vomitar.

Comencé a sentir como mi mente luchaba por no cruzar de nuevo la delgada frontera de la locura. La chica parecía impacientarse ante mi petrificada figura y comenzó a acercarse despacio, sin que los despreciables espectros cesaran en su actividad.

—No tengas miedo de mí, no muerdo a no ser que tú quieras. —dijo mientras frotaba con manos con los pechos y entrepierna de su repulsivo cuerpo—. ¡Vamos hazlo! —Esa palabra, esa maldita palabra una vez más, salida de la boca de esa desagradable mujer. La estancia se llenó de aquella palabra, las capuchas de las sombras se volvieron hacia mí dejando libre el cuerpo de la chica, observándome desde sus oquedades oscuras. "Hazlo", sus voces eran veneno para mi alma. Sonaban cada vez con más ahínco, inundando toda la estancia, perturbándome hasta llegar a límites difíciles de imaginar.

La chica se acercó hasta que su repugnante cuerpo entro en contacto con el mío.

— ¡Hazlo! —se abalanzó sobre mí, fundiendo en una nuestras bocas, hundiendo su lengua de serpiente cuanto podía, jugueteando con ella dentro de mí de forma lasciva. Los labios jugosos y carnosos se volvieron arenosos, repelentes al tacto y al gusto, la piel suave que acaricié en la escalera se tornó áspera. Todo en ella me producía repulsión, un sentimiento que se mezclaba con las voces inquisidoras de mis acosadores que continuaban penetrando en mi cabeza, torturándome como nunca antes lo habían hecho.

Al igual que sucedió en la sala de lectura con mis pájaros, el delirio y la demencia más aguda que jamás un hombre podría haber sentido me invadió, oscureciendo mi alma. Entonces, antes siquiera de poderme dar cuenta, estaba vestido de muerte. Mis pensamientos se nublaron ante ella y mis manos se hundieron en su cuello.

Intentó gritar, pero no le fue posible debido a la gran fuerza que yo aplicaba sobre su garganta. Sus verdes ojos se abrieron de par en par, mirándome, suplicando clemencia. Aún lo recuerdo como si ahora mismo la tuviera de nuevo entre mis manos. Esos ojos hablaban. Vi en ellos angustia, desesperación, abandono, pavor. La vida se le escapaba por sus hermosos orbes verdes, y yo gozaba al ver a esa mujer sometida a mi voluntad, a mis designios. Me sentí excitado, poderoso.

Sus brazos se tensaron, apretaron los míos en un desesperado e inútil intento por soltarse, forcejeando como si de una danza macabra se tratase. Un ir y venir al que pronto se rindió, exhausta por la falta de oxígeno.

Las voces se hicieron más fuertes y yo aplicaba cada vez más fuerza sobre el cuello de la chica que entreabrió su boca para intentar coger el aire que yo le impedía tomar. Unos segundos después sus brazos se aflojaron, sus pupilas se dilataron y sus ojos esmeralda quedaron vacíos. Su vida se extinguió para siempre.

CAPITULO 8
BAUTISMO DE SANGRE

Solté el cuello de mi víctima y esta se desplomó sobre el suelo.

Una clausura de tumba se adueñó de la estancia. Todo se repetía, quedé solo, sin tortura, sin voces, sin sombras. Miré fijamente las herramientas de muerte que había usado y sonreí, reí a carcajadas mientras me dejaba caer, arrodillándome delante del pálido cadáver. Luego, la emoción se desvaneció, las risas se transformaron en lágrimas amargas, y una profunda angustia me consumió por dentro. ¡Había matado a un ser humano!

Experimenté aquello que llaman sentimientos encontrados. Yo no pretendía hacerle daño a esa mujer, al contrario, quería disfrutar de ella. Sin embargo, gocé arrebatándole la vida tanto o más que si la hubiera poseído. Sí, experimenté júbilo, me invadía tal frenesí que me sentía un ser totalmente nuevo, aquella sensación se extendió por mi persona, hasta que no hubo espacio para el arrepentimiento.

Las tinieblas que invadían mi alma, transformándome en el monstruo que se hallaba delante del cuerpo sin vida de la que fuera mi acompañante, volvieron a tomar el control de mis impulsos. Aún no habíamos terminado toda la obra artística que tenía ante mí.

Guiado por los pensamientos más oscuros de mi espíritu, abandoné la habitación, descendí por la escalera como un autómata en busca de una pala que había dejado fuera, junto a otros utensilios de jardinería, pues en un principio fue mi intención realizar algún cambio en la zona exterior de la casa. Aunque esa idea la deseché pronto.

Pala en mano volví a la habitación donde estaba el cuerpo y me detuve un momento a admirarlo. Sin duda de aquella chica destacaban sus ojos verdes, Aún seguían abiertos mirándome desde más allá de la muerte, con una expresión vacía, sin sentimientos, Era hermoso.

Aquellos ojos… me gustaba como me observaban, desee que esa mirada hacia mi fuera eterna, poder contemplarla para siempre.

Avancé en dirección a su rostro y sin pensarlo hundí la punta redonda de la pala en su cuello una y otra vez. La sangre de tonos escarlata comenzó a brotar manchando el suelo de madera de la estancia, pero eso no me detendría, estaba dispuesto a culminar mi propósito. Continué golpeando hasta que la cabeza de la chica se desprendió del cuerpo por completo.

Me arrodillé y recogí el trofeo, su cercenada cabeza, portadora de los orbes esmeralda que deseaba que me miraran por siempre. Con ella entre las manos abandoné la habitación y me dirigí a la sala de lectura.

Al entrar, un frío sepulcral se cernió sobre mí, la atmosfera de la estancia llevaba hasta mis pulmones un nauseabundo olor, procedente de los cuerpos infectados de insectos de los pájaros. Movido por mis nuevos gustos, encendí la chimenea, dejando el premio que portaba a buen recaudo.

Con asco, recogí los cuerpos decapitados de los pájaros y los arrojé al fuego para incinerarlos y combatir la repugnancia que reinaba en la sala de lectura.

Cuando me disponía a recoger las cabezas esparcidas por toda la habitación una nueva idea me sobrevoló. No me desharía de ellas, les daría un uso… diferente.

De una de las estanterías plagadas de libros recuperé un pequeño arcón de madera, y allí deposité la poco más de una docena de diminutos cráneos llenos de plumas de mis antiguas mascotas.

Ya solo me faltaba recolocar las jaulas de metal que mi primer arrebato había descolgado del techo, esparciéndolas por todos los rincones de la habitación. Las fui recogiendo e inspeccionando para asegurarme de que no sufrían serios daños. Una vez quedé satisfecho con el estado de las casas metálicas de mis aves, las recoloqué en sus posiciones iniciales, rodeando el diván de terciopelo rojo en el que tantas veces me había hundido en la lectura bajo la melodía de sus cantarines sonidos.

Todo estaba dispuesto para mis nuevas mascotas, ya era hora de volver a tener algo que amenizara mis largas noches de lectura, eternos delirios y viajes dimensionales incomprensibles para las mentes débiles que pueblan este mundo.

Desprendí la base de una de las jaulas y como si de una bandeja se tratase, deposité sobre ella la cabeza de mi amiga. Acto seguido introduje la base en su lugar, orientando los hermosos ojos de la chica hacia el diván de lectura.

Ante mí tenía una gran obra maestra, mi reciente adquirida mascota me observaría para siempre desde los barrotes de su nuevo hogar, su preciosa mirada de jade que tanto me cautivaba no se perdería, seria mía para toda la eternidad.

Me quedé un rato observando la belleza de mi creación, sin duda era hermosa, había conseguido contener la esencia de aquella mujer más allá de la muerte. Logré que sus preciosos ojos no se perdieran entre el negro velo con el que la parca nos cubrirá de forma irremediable a todos.

Aunque deseé quedarme en la sala y recostarme sobre el diván con un libro entre las manos, no podía. Ese privilegio llegaría más adelante, aún tenía algo que llevar a cabo en esa oscura noche.

No había motivos para pensar que me culparían de la desaparición de la joven. Nadie, ni siquiera el grasiento tabernero nos vio salir juntos de la taberna y mi morada quedaba bastante lejos del pueblo que había visitado. Lo más lógico sería pensar que una mujer joven, a altas horas de la madrugada en los caminos solo podría haber generado una desgracia. Ella misma me afirmó que le gustaba deambular de aquí para allá por la noche buscando la diversión que no encontraba en aquel soporífero lugar. Sin duda, el suyo era un fatídico destino gritado a los cuatro vientos, por lo que a nadie le parecería raro si desapareciera.

Pero esas conclusiones, aunque ciertas, no bastaban. Había que deshacerse del resto del cuerpo, y sin duda, yo sabía cómo debía proceder.

Volví pues a mis aposentos donde descansaban los restos mortales de mi amiga. Con cuidado, extendí una de las sábanas de cama que guardaba en el armario sobre el suelo al lado del cadáver. Lo hice rodar, hasta que este se posicionó en el centro de la tela, coloqué con cuidado sobre el cuerpo de la mujer el arcón que poseía en su interior las cabezas de los pájaros y lo envolví todo con delicadeza.

Una vez preparado, cargué los restos de la chica sobre mi espalda, recuperé la pala y me retiré hasta el porche que servía de antesala al cementerio, descendí los peldaños y me interné en la eterna niebla que de nuevo envolvía el valle de los muertos.

La noche en el camposanto privado parecía ajena a los dramáticos sucesos que habían acontecido en el interior de la casa. Todo estaba tranquilo, tanto, que transmitía un pavor que no puedo describir con palabras. La serenidad, el silencio, esa ensordecedora ausencia de sonido, no atinaba a escuchar el silbar del viento. Y luego, esa sensación de estar siendo observado en todo momento. No dejaba de percibir como si algo me espiara entre las tumbas, desde los ojos de los repugnantes centinelas tallados del porche o escondido en la maleza del bosque de cipreses. Cuando giraba la vista, mi acosador se esfumaba como un fantasma para colocarse una vez más tras de mí, volviéndose un ser invisible que solo habitaba en mi perturbada mente.

Continué penetrando en lo más hondo del lugar del descanso eterno de aquellos seres blasfemos que me acosaban. La niebla era más espesa que en otras ocasiones y dificultaba mi travesía por el cerro de muerte que atravesaba. Comencé a fijarme en las tumbas y aprecié que ninguna tenía nombre. Todas eran idénticas, pequeños monolitos de piedra grisácea agrietada con una cruz grabada en el centro.

Una vez hube penetrado lo suficiente, solté el cadáver en el suelo y al azar escogí una de las tumbas y comencé a cavar sin descanso.

Pasó una eternidad mientras retiraba la tierra que me separaba de mi objetivo. Escarbé un metro de profundidad, puede que dos, hasta que la pala topo con algo duro y consistente.

Me arrodillé y comencé a retirar la tierra con las manos dejando a la vista el ataúd de uno de los religiosos. El féretro de madera parecía carcomido por el paso de los años. Vacilé, no creía lo que estaba a punto de hacer, pero allí me hallaba, a escasos centímetros del cuerpo de uno de los súbditos de Tzultet. Seres espectrales que hundían mi alma en los más horrorosos tormentos. Cerré los ojos, a tientas hice palanca con fuerza en la tapa de la caja hasta que esta se abrió desprendiendo un olor pestilente.

Es difícil explicar los sentimientos que te invaden al profanar una tumba. Cuando abrí los ojos, allí estaba, vestido con su túnica negra, escondiendo bajo su capucha una calavera que, daba la impresión de estar sonriendo de forma cínica, como si esperara mi visita.

No podía dejar de observarlo, y creo que él también lo hacía desde sus enormes cuencas hondas y oscuras.

Sin más dilación, salí del agujero que había cavado, abrí la sábana y como el que ofrece a una deidad un sacrificio, introduje el cuerpo de mi víctima en el ataúd para que reposara por siempre junto a uno de los espectros que me habían obligado a cometer semejante atrocidad.

Volví a la ensangrentada tela y recuperé del arcón una de las cabezas de mis antiguas mascotas, la arrojé junto al cadáver de la chica y los restos óseos del religioso. Del mismo modo que la cabeza de la mujer descansaría en una casa de ave, los del pájaro dormirían en una caja de hombre.

Había terminado mi obra. Poseía un premio exaltado en mi sala de lectura, una ofrenda a las sombras para que la ansiada calma llegara a mi ser y una seña de lo que una vez fui y nunca volvería a ser, un amante de los pájaros. Esa sería mi firma. Aquel gesto fue una forma de expresar lo que significaron para mí esos animales, pero ahora poseía un gusto más profundo, selectivo. El pasado tenía que ser sepultado.

Tras apreciar mi obra quedé satisfecho, ahí no había trabajado en vano, cerré el ataúd y volví a cubrir de tierra la sepultura. Sin duda encontré el escondite perfecto para el cuerpo de la chica. Era retorcido, macabro, pero muy práctico. ¿Quién buscaría un muerto en un cementerio? Fue una conclusión brillante.

Cansado del duro trabajo volví a mi hogar, limpié la sangre de mis aposentos y pude disfrutar como nunca antes lo había hecho de un baño caliente. Después me dirigí eufórico a la sala de lectura a reencontrarme con mi nueva mascota.

Cuando abrí la puerta respiré hondo el aroma viciado que desprendía la cabeza cercenada. Me pareció el aire más puro que jamás había inhalado. Encendí el fuego y me recosté sobre el diván rojo mientras era observado por los ojos esmeralda de mi víctima desde la metálica jaula colgada del techo.

Hipnotizado por el fuego y aquella verde mirada, empecé a reflexionar sobre los acontecimientos que habían ocurrido, y no pude evitar recordar unas palabras pronunciadas en uno de mis viajes a esos mundos recónditos de pesadilla.

—Dios ya no está aquí viejo, desde hoy este lugar solo sabrá traer maldad y desesperanza a sus moradores.

—El templo de la vida eterna se oscurece, dando paso a ser el hogar de la muerte, ningún morador de mis dominios tendrá paz y tranquilidad y la tierra se alimentará de la sangre de los hijos de tu Dios."

Ahora entendía o creí comprenderlo todo. La revelación acudió a mí como una botella de agua dulce para quien atraviesa el desierto. Yo era el elegido, el que debería hacer que esas profecías se cumplieran, Ese era el motivo de sus torturas, por eso me dejaron en paz cuando asesiné a mis mascotas y ahora aquella simple palabra cobraba sentido y muchos significados; Hazlo.

Los viajes a esos mundos de pesadilla, lo que me mostraron en el antiguo monasterio, sus torturas sin descanso día y noche, todo cobraba sentido. Mi iniciación había concluido, ahora el mensaje llegaba a mí de forma nítida. Solo al derramar la sangre de mis víctimas sobre la tierra maldecida por Tzultet me dejarían en paz. Si cumplía con sus designios, me recompensarían con tiempo y paz.

Cerré los ojos y sonreí, reí fuerte, sentí alegría, continúe riendo, por fin comprendí mi cometido para con la casa. Sabía que esta chica no sería la única, pronto mis fantasmas volverían a estar sedientos de un alma a la que sacrificar. Regresarían para atormentarme y así continuarían hasta que les diera otra obra como la que acababa de realizar.

Esos pensamientos me hicieron profundizar sobre ese estado que llamamos existencia. La vida no tiene sentido, la fría muerte en cambio, si lo tenía. El mundo está rebosante de muerte. Desde el momento en que nacemos nos encaminamos irremediablemente hacia la guadaña de la parca. Nuestra existencia en esta tierra solo tiene el objetivo de acabar muriendo. Es la meta de la vida, llegar al deceso. Cuanto más tardamos, más doloroso es. ¿Por qué aplazarlo? ¿Por qué no darles a esas almas el final de su existencia de forma anticipada? Liberarlas del sufrimiento de las experiencias traumáticas y crueles de la vida, de todo lo que nos aferra a ella. Y, de paso, perpetuar mi estado de paz por un tiempo más prolongado.

Aquella noche, a pesar de ser consiente de mi nueva naturaleza, teniendo en cuenta mis revelaciones y reflexiones sádicas y con un asesinato más a mis espaldas, descansé plácidamente tras llevar muchas, incontables noches sin poder hacerlo.

CAPÍTULO 9
CORRUPCIÓN

No perderé tiempo en relatarte con todo lujo de detalles una por una el resto de mis obras de arte. Como ya predije, las sombras volvieron y con ellas las torturas, pero ahora sabía lo que tenía que hacer. Y así, cada vez que aparecían me veía obligado a buscar una presa. Me serví de todo tipo de engaños y artimañas para llevar a cabo mi cometido.

En mis garras cayeron mendigos que vinieron a mi puerta y a los que ofrecía alimento, asesiné a hombres que encontraba en los caminos y a los que le brindaba hospedaje en las largas y frías noches de invierno. Y por supuesto, me serví de mi físico y gallardía para atraer mujeres a mi lecho, como hice con la primera. Estas últimas a veces me proporcionaban placer físico, pero aquello no significaba nada en comparación con el deleite que obtenía cuando caía en mis manos el papel de juzgar la vida y la muerte de aquellas personas, el gusto de saber que sus almas dependían de mi proceder, la excitación de convertirme en juez jurado y verdugo. Un sentimiento que resultaba con cada víctima más fácil de realizar. Cuantas más vidas arrebataba, la culpabilidad y el remordimiento se alejaban de mi conciencia, hasta que me abandonaron de forma permanente. Me transformé en una bestia sedienta de sangre sin ningún tipo de humanidad en mi interior. Esa faceta de mí, lo que fui en el pasado, quedó enterrada en el cementerio junto a mis víctimas.

Siempre fui muy cauteloso con mi manera de actuar, nunca repetía la misma zona, usaba la noche como manto invisible para camuflarme, escogía personas solitarias, sin familia o que no levantaran gran revuelo si no aparecían en varios días. En el caso de las mujeres, si me mostraba en público, seducía a las más atrevidas, solitarias y aventureras. Digo me mostraba porque me internaba de noche en las localidades cercanas, aunque siempre intentaba ocultar mi rostro. También recorrí los peores antros, donde no era difícil contratar los servicios de señoritas de compañía. Esa si era una apetitosa carne de cañón, ya que nadie preguntaba por ellas si dejaban de verse por las tabernas, tugurios o callejones.

Con el tiempo fui perfeccionando mi arsenal de herramientas de muerte, cuchillos hachas, sogas... pero mi favorita, la que más placer me aportaba, eran mis propias manos.

Como hice en mi primera matanza, las cabezas de todas mis víctimas pasaron a formar parte de la decoración de la sala de lectura. No sabría decir algo que diera más satisfacción que leer delante del fuego con todos esos ojos mirándome desde la muerte, dentro de sus casas envueltas de barrotes. Si, aquel espectáculo superaba con creces el cantar de mis desaparecidos pájaros.

El resto de los despojos de aquellos desgraciados, acababan compartiendo nicho con los esqueletos putrefactos que sirvieron de cuerpos a los espectros que me infringían esos tormentos mentales. Y antes de cerrar las sepulturas, no podía olvidar mi firma, una cabeza de pájaro.

El miedo y la muerte se convirtieron en un vicio, una droga que me hacía escapar de mi infortunado estado y de la que hice mi nueva forma de vida.

Desde esa noche, no creo necesario decir que volví a ser un hombre solitario. Lo dejé todo para atender lo que me habían encomendado. Mientras lo hacía, perdí el miedo y los temores que se cernían sobre mí por parte de la casa. Es más, la vivienda retrocedía ante mi presencia como si quisiera esconderse de un feroz depredador, las bestias de la noche apagaron sus sonidos nocturnos y muchas madrugadas lo celebraba bebiendo en el porche. Después disfrutaba perdiéndome en la niebla y danzando entre las tumbas del cementerio mientras me embriagaba con el néctar del alcohol. Aquellas lápidas y sus moradores se convirtieron en mi compañía. Ahora, yo reinaba en esos lares y la casa era la que me tenía miedo.

Una noche, estaba leyendo delante de mis trofeos cuando llego el momento de actuar. El frío gélido penetró en la sala de lectura sin avisar de su intrusión, el fuego apagó su cálida llama y en medio de la oscuridad, regresaron las fantasmales sombras encapuchadas como me tenían acostumbrado a manifestarse.

Entonces llegaba la angustia, el tormento mental, las voces. Ese era el rito, el inicio de todo, sus torturas me llevaban hasta el límite de la realidad y las fronteras con la locura. Entonces, me invadía un frenesí, un fuego interno que desgarraba mi espíritu del cuerpo, nublaba mis sentidos y generaba un deseo incontrolable por extinguir la vida.

Antes de percatarme de ello, estaba en el exterior para realizar la voluntad de los espectros. Caminé por una senda que me resultó familiar, hasta que llegué a un lugar que recordaba y me traía gratos recuerdos. El pueblo de mi primera víctima. No dudé, había pasado tiempo desde la desaparición de aquella mujer, y nadie llegó a mi puerta a preguntar por ella, ni por ninguna de las personas que ya formaban parte de los habitantes de mi camposanto privado.

Era hora de repetir en ese escenario. Así pues, entré en sus calles, triunfante, como si mi estela fuera la del ángel de la muerte. Paseé por sus oscuras vías encaladas, pero no encontré a nadie, Como en mi primera visita el lugar estaba desierto.

Tras recorrer las laberínticas calles de aquel pueblucho, llegué y la plaza central y no pude remediar acordarme de "el encinar". Lo busqué con la vista hasta que lo divisé. Sus ventanas emitían luz. En la taberna había alguien. Pensé que quizás se repetiría la historia, así que sin vacilar me encaminé hacia aquel antro, y fue cuando, al pasar por delante de la puerta de la iglesia del pueblo, sentí que algo tiraba de mi pantalón. Miré hacia atrás, una joven envuelta en una manta negra y andrajosa que le servía para intentar combatir el frío de la noche me sujetaba con unas manos mugrientas desde el suelo.

—¡Por favor señor ayúdeme! —me suplicaba con lágrimas en los ojos—. Llevo tres días durmiendo en la calle, sin comer. ¡Me han echado de mi casa y no puedo volver! Usted se ve un buen hombre ¡Por favor tenga compasión de mí!

La chica era muy joven, cubría su cabeza con la larga manta, esta se extendía por todo su cuerpo dejando tan solo a la vista el rostro y sus brazos. Cuando me hizo esa súplica, sus ojos se clavaron en los míos. Yo había presenciado esa mirada pidiendo clemencia, era la misma expresión que exteriorizó mi primera víctima antes de expirar.

Sus dos luceros avellana me traspasaron y sentí una conexión, era ella, ya había elegido el alma para sacrificar en mi beneficio. Era perfecta, una mendiga a la que, por algún motivo sus familiares tenían repudiada. ¿Quién la añoraría?

Miré alrededor, nadie nos observaba, podía proceder con libertad. Le extendí mi mano y ella la agarró con fuerza como un águila lo hace sobre un indefenso ratón, ajeno al destino que el ave le tiene preparado.

—Tranquila, levántate. —Ella obedeció sumisa, realmente aquella chica estaba desesperada—. Mi hogar está un poco lejos, pero si lo deseas puedes quedarte allí conmigo. Estarás caliente y podrás asearte y comer algo.

—¡Muchas gracias, señor! —dijo mientras se abalanzaba sobre mí abrazándome con fuerza—. ¡Se lo compensaré!

—No te preocupes. —Lo harás con creces cuando culmine lo que tengo en mente para ti, pensé.

El tiempo era un factor muy importante, Alguien podría vernos y entonces tendría que dejar a la pobre desgraciada allí. Pero no podía mostrarme nervioso o ella podría sospechar.

—Pongámonos en marcha, debes estar hambrienta ¿no? —dije forzando una sonrisa para zanjar la conversación e iniciar el camino antes de ser vistos por alguien.

La chica se recolocó la manta, se cubrió todo lo que pudo con ella y asintió. Los dos nos dirigimos hacia la salida del pueblo, yo apresuraba el paso sin darme cuenta, quería escapar de allí con ella cuanto antes, ya había escogido mi presa y no me apetecía tener que buscar a otra persona por el hecho de que nos descubrieran. La chica me seguía, dando en ocasiones largas zancadas, intentando ponerse de esa manera a mi altura.

La curiosidad me asaltó ¿Qué habrá hecho esta joven para que la echen de su casa? No, no debía entablar conversación. Sabía de sobra cuál era el cometido de la muchacha y era necesario guardar ciertas "distancias". Ella ayudó a tal propósito. Era curioso, en todo el trayecto no dijo nada, solo se limitó a caminar junto a mí con un semblante pensativo y con los brazos cruzados sobre su vientre. Al verla en esa postura y tan sumida en sí misma pensé que algo extraño ocurría.

CAPITULO 9
LA BESTIA DISFRAZADA DE COMPASIÓN

La niebla se abrió entre nosotros, como si quisiera acogernos y la casa comenzó a divisarse en el horizonte, oscura, tétrica, rodeada del frondoso bosque de cipreses.

Abandoné los pensamientos que tenía sobre la chica, ahora debía centrarme en otros "menesteres".

Cuando llegamos a la entrada principal, la muchacha se detuvo a escasos metros del umbral.

—¿Vives aquí? Este sitio es tenebroso. —dijo mientras miraba los amenazantes muros oscuros que se alzaban ante ella.

—Sí. —respondí—. Que no te impresione su aspecto en medio de esta soledad y de la falta de luz, es más acogedora de lo que parece. Entremos, podrás darte un baño caliente, cenar bajo un techo y dormir en una cama durante el tiempo que te plazca.—insistí mientras abría la puerta y le invitaba a entrar con un gesto de mi mano.

Ella vaciló unos instantes, pero decidió pasar al interior. Supuse que mi oferta era muy tentadora y pensaría que si no la aceptaba tendría que volver al pueblo sola para vagar por sus frías calles hambrienta y sin un lugar donde pasar la noche.

La hice esperar en el recibidor, al pie de las escaleras, delante del gran reloj mientras le preparaba el baño,

La joven se quedó mirando el péndulo como hipnotizada por él. No había variado el gesto, continuaba ensimismada en sus pensamientos. Y luego estaba la posición de los brazos, cruzados sobre el vientre en actitud protectora. Quizás escondía algo debajo de la mugrienta manta. Puede que ese fuera el motivo por el que la habían abandonado.

Le indiqué que en unos minutos volvería y podría desprenderse de toda esa repugnante mugre que la cubría. Me perdí por el pasillo de la segunda planta. Al pasar por la sala de lectura comprobé que estaba bien cerrada. Entré en mis aposentos y del armario recogí un vestido que conservé de alguna antecesora de mi desdichada amiga, toallas y me dispuse a prepararle el baño.

Al regresar a su lado, observé que no había variado el gesto, parecía una estatua de piedra delante del reloj.

Cuando miré hacia ella, divisé a las sombras moviéndose entre las paredes de la casa. Estaban impacientes por recibir lo que demandaban, sus voces y tormentos comenzaron a importunarme. Pero tendrían que esperar. Ya las tenía acostumbradas a mí "modus operandi". Recibía cierta satisfacción jugando con mis víctimas. Ofrecerles lo que demandaban antes de poner fin a su insignificante existencia. Al que pedía alimento lo invitaba a un festín en mi morada, a las mujeres que requerían cariño, les permití yacer en mi lecho.

Era como la última cena del condenado a muerte, el sentir que esa débil vida está en mis manos, poder decidir en qué momento acabaría con ella, esa era mi forma de actuar, señorial, las masacres me resultaban burdas, y desagradables, y yo, soy un artista.

Le ofrecí a la chica las toallas y la ropa. Ella me miro extrañada. —¿Son de la señora de la casa? —Ahí estuvo astuta, ¿por qué motivo guardaría yo ropajes femeninos si no hubiera una "señora de la casa"? Ella misma me había dado la solución al entuerto.

—Sí, son de mi esposa. Está de viaje por su trabajo y no volverá en unos días. Pero no te preocupes, cuando regrese se alegrará mucho de tenerte a su lado, sin duda ella te hará el mismo ofrecimiento que yo, podrás disponer de esta casa el tiempo que quieras como nuestra invitada.

Ella recogió de mis manos el vestido y las toallas. —¡Muchas gracias por su hospitalidad! Pero me sentiría muy incómoda como una invitada de larga duración. Podría ayudar en las labores de la casa. Este sitio es muy grande y su esposa necesitará apoyo para mantenerlo limpio y ordenado. Yo podría...

—Lo discutiremos durante la cena. —interrumpí—. Ahora límpiate mientras yo preparo algo de comer, el baño está arriba, en la última puerta a la izquierda.

La chica no hizo más comentarios, subió la escalera y su silueta se perdió por el pasillo de la segunda planta.

Cuando me quedé solo, sentí un tremendo pinchazo sobre el cráneo. Mis mentores se impacientaban más de lo normal y comenzaron a intensificar sus torturas mentales. Las voces eran atronadoras. Esta vez había esperado demasiado, era la hora de actuar.

Decidí que el medio de satisfacer el hambre atroz de mis castigadores sería el estrangulamiento. De todas las posibles maneras de proceder, esa era la que más me excitaba.

Una nueva punzada en la cabeza me hizo caer de rodillas sobre los peldaños de la escalera, dejando escapar un grito ahogado. El tormento de los espectros continuaba aumentando y se tornaba ya insoportable.

Sus voces dentro de mi mente me retrasaban, las punzadas en la cabeza eran como las garras de una bestia desgarrando la piel del cráneo, no podía soportar ese intenso dolor y cuanto más me demoraba, peor eran los castigos que me infligían. Me repuse de los males psicológicos que estaba padeciendo al cabo de unos minutos en los que permanecí paralizado al pie de la escalera, esperando que mis verdugos aflojaran las cadenas que me aprisionaban. El pesar se fue alejando. Sin perder tiempo, subí los peldaños y recorrí el pasillo como una exhalación hasta llegar al baño. El destino de la chica estaba decidido.

Cuando entré en la habitación no había nadie, tan solo la blanca bañera con patas me recibió. En su interior el agua, aún caliente, dibujaba hondas que se iniciaban desde el centro hacia los bordes de la bañera. La joven salió de ella no hace mucho.

¿Dónde estaba? ¿Habría descubierto mis intenciones? Quizás había huido para alertar a las autoridades… no, si se hubiera marchado se cruzaría conmigo antes de bajar la escalera.

La situación no me estaba haciendo pensar con claridad. No podía haber descubierto mis intenciones, no le di motivos. Tenía que estar en algún lugar de la casa.

Regresé al pasillo. —¿Dónde estás? —pensaba mientras recorría el corredor en silencio, con los sentidos puestos en no hacer ruido, buscando como un felino cualquier indicio que me indicara de donde se escondía mi presa.

En medio de la oscura galería podía apreciar como los espectros de la casa se deslizaban por las paredes, impacientes por presenciar el desenlace de mis actos. Sus voces acosadoras me impedían centrarme en mi cometido, sus torturas despertaban a la bestia que dormitaba en mi interior, haciendo crecer una ira y delirio que caerían sobre la muchacha cuando la encontrara.

Al llegar a los peldaños de la escalera, un ruido hizo que me girara. Provenía de mis aposentos. Me dirigí hasta ellos como alma que lleva el diablo y abrí la puerta de golpe.

La escena que presencie me resultaba muy familiar, aunque con diferentes matices.

La mendiga estaba delante de la ventana. Llevaba una toalla enrollada en el cuerpo y el pelo mojado caía por su espalda dibujando ondas de un intenso rojo fuego. No había tenido ocasión de apreciar la belleza de sus cabellos, pues estaban escondidos entre la suciedad de la calle y la manta con la que la joven se cubría.

A sus pies descalzos, se encontraba una pequeña cajita de música metálica que decoraba uno de los muebles de la estancia, el ruido que escuché tuvo que ser el de ese recipiente precipitándose contra el suelo.

—¡Lo siento mucho señor! Espero que no esté rota… —la interrumpí poniéndole los dedos índice y corazón sobre sus finos labios.

—No lo está —dije mientras me agachaba para recuperar la caja y colocarla de nuevo en su lugar—. ¿Qué haces aquí? Esta es mi habitación. —le pregunté extrañado y frunciendo el ceño.

—¡Lo lamento! ¡No era mi intención! Dejé sobre la cama el vestido para que no se mojara al bañarme y había vuelto a ponérmelo. Sin querer tiré la caja al suelo y después apareció usted y… lamento el susto que le he dado. —dijo excusándose con torpeza, como si fuera culpable de algo que no estaba contándome—. Todo está bien. Si me espera abajo no tardaré en vestirme.

Mientras se explicaba, yo había colocado el objeto decorativo en su lugar. No creí mucho lo que me dijo y me mantuve de espaldas a ella para que no pudiera apreciar el gesto de impaciencia que me invadía por comenzar mi trabajo.

Las sombras irrumpieron en la estancia y se congregaron entre nosotros, rodeándonos con sus susurros espectrales, incitándome a calmar el hambre de sangre que me reclamaban.

—Hazlo… Hazlo…

—señor… si sale de la habitación podre…

—¿Vestirte? —la interrumpí— No, no podemos marcharnos. —dije mientras me giraba hacia ella—. Creo que nuestra cena se ha "cancelado". —En los ojos de la joven se podía ver el pavor. Comenzó a entender que mi amabilidad inicial solo era la piel del lobo escondida bajo la del inocente cordero. Por unos instantes, se quedó observándome paralizada por el miedo, sin reaccionar. Aquella mirada temerosa parecía alimentar a los espectros que comenzaron a desplazarse en torno a la chica, acercando sus capuchas a su rostro como si estuvieran absorbiendo el miedo y la vitalidad de aquella muchacha.

—¡¿Qué quiere de mí?! —pregunto con lágrimas en los ojos.

Las sombras seguían rodeándola sin que ella lo percibiera. Si querían el miedo de aquella chica, yo se lo proporcionaría.

—Vas a ser un gran trofeo. —dije amenazante mientras caminaba hacia ella con lentitud. Yo también saboreaba aquel momento, podía oler su miedo, era gratificante. La chica retrocedía para alejarse de mí, balbuceando palabras ininteligibles. Sin darse cuenta, tropezó, cayendo de espaldas al suelo.

Aproveché el momento para agarrar su larga cabellera y comencé a arrastrarla con la intención de sacarla de la habitación hacia el pasillo. Ella gritaba desconsolada, pidiendo auxilio, extendiendo sus brazos sobre los bastidores de la puerta, aferrándose a ellos con una fuerza sobrehumana. No me importo en absoluto. Continúe tirando de sus cabellos. Su cabeza se inclinó hacia atrás, di una vuelta a mi mano sobre el rojo pelo de la chica agarrándolo mejor y continué tirando para que se soltara. El dolor que debía sentir sería indescriptible. Sus manos permanecían firmes, aferrándose al bastidor pese a la extrema tensión que ejercía sobre ella. No dejaba de gemir de dolor, pero no lograba que cruzara la puerta.

Me giré sin soltar su melena rojiza, colocándome cerca de uno de sus brazos. Sin pensarlo, hundí mi bota sobre él, pisándolo de forma violenta, aplastándolo sin compasión. La chica emitió un chillido agonizante, soltándose al momento.

Volví a tirar de su cabeza, hasta que conseguí sacarla al corredor.

A mitad del pasillo me detuve. —Puedes gritar lo que quieras. Aquí, en muchos kilómetros a la redonda no habitan más que los fantasmas de la casa y yo. Nadie va a venir a rescatarte. —Ella no escuchaba, se limitaba a llorar pidiendo ayuda, arañándome con sus uñas el brazo con el que sujetaba sus cabellos. Verla tan vulnerable solo consiguió excitarme. Continúe tirando de ella que se retorcía de dolor por la tensión que ejercía mi mano sobre su cuero cabelludo al arrastrarla.

Cuando llegué a la puerta de la sala de lectura, la abrí y arrojé a la chica dentro con fuerza.

—Aprecia mi obra y tu nueva morada. Aquí pasarás el resto de la eternidad, pronto te convertirás uno de mis muchos trofeos. Tengo que aplacarlos y tú serás mi sacrificio para ellos.

La mendiga alzó la vista y se encontró con una infinidad de jaulas de pájaro con cabezas cercenadas en su interior, rodeándola allá donde quisiera que elevara la vista.

Los pestilentes y podridos miembros amputados de sus antecesores la miraban tras los barrotes con ojos cadavéricos. Los habitantes más antiguos de aquellas casas de metal lo hacían desde unas cuencas profundas y vacías de las cuales emanaban gusanos blancuzcos e insectos que se alimentaban de la carroña podrida de aquellos hombres y mujeres. Víctimas que al igual que ella, habían sido engañados, llevados hasta esa casa con el objetivo de servirme como sacrificios para las sombras.

La muchacha, aún en el suelo, se arrastró hacia el diván de terciopelo rojo, intentando alejarse de las jaulas que contenían las cabezas putrefactas. Una de sus manos se topó con algo húmedo que reposaba sobre el suelo enmoquetado. La levantó para verla más de cerca. Un pastoso fluido color escarlata se deslizaba desde sus dedos hasta el antebrazo. Cuando elevó su cabeza para ver de lo que se trataba, pudo comprobar que encima de ella había otro de aquellos ataúdes metálicos con los restos de la cabeza de una mujer de largos cabellos rubios. La sangre, así como otros fluidos corporales se derramaban por su melena, goteando hasta el suelo al igual que hicieran la mayoría de miembros amputados de inquilinos que habitaban los otros aposentos para aves que allí reposaban.

El rostro del cadáver clavaba su mirada vacía de ojos blanquecinos sobre la asustada joven. Tenía la boca entreabierta, dejando visible una lengua ennegrecida por la descomposición avanzada que experimentaba el cadáver. De esta, se alimentaban miles de moscas que revoloteaban alrededor de todas las cabezas amputadas. Los insectos emitían un zumbido con sus alas que dotaba a la estancia de una melodía tenebrosa, ensordecedora para cualquier oído salvo los míos.

La chica comenzó a gritar y llorar, mirando hacia todos los rincones de la estancia, buscando un lugar donde no estuviera rodeada por aquellos ojos de muerte que la afligían.

El hedor a podredumbre característico de la parca lo invadía todo. Para mí, era una fragancia adorable, me hacía sentirme superior a cuantos descansaban el sueño eterno en aquella sala. Para mí, era el olor que me traía la calma, la tranquilidad que me alejaba de las torturas de los espíritus malignos con los que compartía esta morada. Pero para la muchacha, ese olor provocaba náuseas, y tras algunas arcadas vomitó sobre la moqueta.

La chica comenzó a toser y se arrastró hasta mis pies, suplicándome por su vida. Al final siempre es así. Cuando se ven dentro de las fauces de la bestia el instinto de supervivencia hace del ser humano un animal sin escrúpulos, carente de dignidad y amor propio. Detestaba esos comportamientos en mis víctimas. Rebajarse hasta donde hiciera falta para conservar el pellejo era una vulgaridad que solo conseguía que me volviera más violento con ellos. ¿Acaso no podían aceptar su destino sin más con la cabeza alta? No importaba la clase social, el dinero y la educación que recibieran. Ante la amenaza de desaparecer de este mundo, todos suplicaban de la misma manera.

La muchacha seguía pidiendo clemencia, llorando a mis pies. Si bien me asqueaba que no supieran aceptar que el fin de su miserable existencia había llegado, debo admitir que también sentía emoción y excitación cuando me otorgaban el poder de decidir lo que haría con sus vidas. Me transformaba en Dios por unos instantes, y mi mano firme era la encargada de otorgar la salvación o la muerte.

Me incliné hacia ella, acaricie su pelo, retirándolo para poder disfrutar de aquel rostro desconsolado bañado en lágrimas. Al fondo de la estancia se habían congregado los fantasmas moradores de la casa. Ya estaban todas las piezas en su lugar, llegó el momento del clímax.

Comencé a deleitarme observando a la muchacha envuelta en la toalla de baño. Sus lágrimas venían acompañadas de temblores que contraían todo su cuerpo, fruto del terror que estaba experimentando. Podía oler ese miedo, sus ojos temerosos me miraban expectantes, intentando adivinar cuál sería mi próxima acción.

Acaricié sus mejillas, mis dedos se deslizaron por sus suaves cabellos de fuego hasta llegar al cuello y allí, se hundieron con fuerza.

Los ojos de mi víctima se abrieron como platos, su boca entreabierta, expulsaba el aire que quedaba en sus pulmones, pero no era capaz de conseguir ninguna bocanada de oxígeno. Sus extremidades convulsionaban, apliqué más fuerza y la tumbé con violencia contra el suelo, sentándome sobre ella y así inmovilizar sus piernas que luchaban por arrojarme a un lado para liberarse y salvar de este modo su existencia.

Hundió sus manos sobre las mías, intentando retirarlas de su garganta, pero su fuerza no era suficiente. Su rosada lengua apareció entre sus labios, ya faltaba poco, pronto su cuerpo no sería más que un bulto sin vida que serviría a mis propósitos.

—Por… favor… por… fa… vor… es… estoy… em… estoy… embarazada. —Aún me pregunto de donde sacó las fuerzas para hacerlo, pero la chica atinó a pronunciar casi sin voz desde sus últimos alientos esa súplica.

CAPITULO 10
MUNDOS PARARELOS

Embarazada. Esa palabra me traspasó con fuerza, derribando todos mis muros internos. En las entrañas de aquella mendiga crecía una nueva vida. Muchas dudas que fueron acumulándose en mi cabeza obtuvieron de golpe la ansiada respuesta. La actitud pensativa con la que estuvo toda la noche, la extraña y dificultosa postura de cruzar los brazos sobre su vientre, estaba protegiendo la semilla que crecía en ella. ¿Pero por qué? No cabía duda. La habían repudiado por ese embarazo. Se enfrentó al hambre, al frío, a la humillación y con seguridad, a las burlas de sus convecinos y todo por proteger a una criatura que no conocía y que no le estaba trayendo más que dificultades.

Todo por un ser que, desde el momento de su nacimiento iniciaría una cuenta atrás que culminaría con la muerte, era solo cuestión de tiempo. No comprendía ese comportamiento hasta que alzó la vista y sus ojos se cruzaron de nuevo con los míos. Era una mirada protectora, irradiaba compasión, amor. Incluso estando al borde de la muerte, mientras mis manos le arrebataban la vida, lo que hizo fue llevar las suyas al vientre y comenzó a acariciarlo, como si tratara de consolar al inquilino de su útero.

Amor, la vida valía la pena si tienes alguien que te ame de esa manera, una persona para la que seas un todo sin importar el resto. Tanto tiempo inmerso en la soledad de estos muros, sin más compañía que la de sus otros fantasmales moradores habían hecho que olvidara mi faceta humana. La casa me envenenaba, corrompiéndome con lentitud, alimentándose de mis terrores y debilidades. Eso me hizo vulnerable, les brindé la ocasión de que entraran en mi cabeza y destrozaron la humanidad que había dentro de mi ser. Así me transformaron en lo que era ahora, un hombre solitario, atormentado por seres infernales que a su vez eran mi única compañía en este mundo. Un monstruo que no podía recordar lo que significaba ser amado, un asesino que alimentaba su locura de la sangre de sus víctimas para callar a unos espíritus que solo yo era capaz de escuchar y contemplar.

Algo dentro de mi alma cambio al ver la actitud que adoptó aquella chica. Esa mirada de ternura me descubrió que mientras la vida nos empuja a la muerte, podemos tener vivencias intensas, cálidas. No todo lo que rodea la vida de una persona era como en mi caso, una espiral de oscuridad y tormento.

Sentí renacer algo de la vitalidad que poseía antes de comprar la mansión. El raciocinio volvió a mí por un momento y experimenté una calma interior que llevaba sin percibir en meses.

Solté la garganta de la joven y me levanté tembloroso para dejar de oprimir al bebé. No habría sacrificio, ni ahora ni nunca más.

Al verse libre cogió una bocanada del preciado oxígeno que le faltaba y comenzó a toser hasta que su respiración se hizo normal. Yo permanecía de pie, luchando conmigo mismo, intentando expulsar de mi alma toda la maldad y la corrupción que ese lugar habían hecho germinar en mi interior, pero no podía. Para mí era demasiado tarde.

Al ver que soltaba a mis dos víctimas, negándoles lo que querían, las sombras parecieron enfurecer. Sus habituales susurros cesaron por un instante y se hizo el silencio, una ausencia total de sonido en el que esos fantasmas y yo nos mirábamos como si pudiéramos destruirnos mutuamente. Entonces, el silencio se rompió, y la estancia se llenó de gritos de una intensidad tan aguda que eran como si me introdujeran clavos afilados en la cabeza. Aullé de dolor y desesperación mientras caía de rodillas sobre la moqueta de la sala de lectura, hundiendo mi frente contra el suelo.

Con las fuerzas menguadas por el tormento que estaba padeciendo, giré la cabeza buscando a la muchacha. Permanecía hecha un ovillo sobre el rincón más apartado de la habitación muerta de miedo. Me miraba extrañada con sus enormes ojos avellana. No me sorprendió. Sabía de sobra que las voces que me afligían, por muy reales que fueran, solo estaban en mi cabeza. Pero el dolor… era de verdad, tanto como los seres que me lo infligían. Que ella no pudiera verlo y escucharlo no quería decir que no estuvieran ahí.

—Vamos… ¿A qué esperas? —pregunté con la voz entrecortada debido a la tortura—. No… no te quedes ahí… ¡¡Márchate!!

Cuando vi que ella salía corriendo por la puerta en dirección a la escalera no pude evitar sonreír para mí mismo. Esa chica y su fruto tendría otra oportunidad.

La casa empezó a contraerse sobre sus cimientos. Los vitrales se abrieron de golpe en todas las habitaciones. Por la oscuridad de los muros corrían miles de siluetas demoniacas que se perdían por los pasillos y corredores en los que resonaban los ecos de las campanadas del gran reloj de la escalera. Las cabezas de las jaulas empezaron a moverse, girando sobre sí mismas hasta que sus putrefactos ojos me apuntaron amenazantes. Comenzaron a escucharse pasos y risas por la habitación. Todo se volvió demencial dentro de la casa.

Haciendo acopio de mis escasas fuerzas, me levanté pese a los gritos inhumanos de aquellas bestias. Al verme desafiarlas con el gesto de ponerme en pie, intensificaron los atronadores sonidos. Mi cabeza no podría aguantar por más tiempo. Si no salía pronto de allí sentía que el cráneo me iba a explotar.

Me abalancé contra la puerta que se cerró con brusquedad ante mí, golpeándome en la nariz y arrojándome de espaldas al suelo. Un dolor insufrible me invadió el rostro, sobre mi camisa comenzaron a caer gotas de sangre que salía a borbotones de mi nariz, el golpe me había destrozado el tabique nasal.

Las sombras hicieron un círculo a mi alrededor. Sus vozarrones seguían taladrando mi mente. Tirado en el suelo, sangrando y con la cabeza a punto de explotar, llevé mis manos a los oídos para intentar protegerme del castigo que me imponían.

Comencé a suplicar como hicieron muchas de mis víctimas. Era irónico, caí en la misma bajeza que tanto detestaba al pedir clemencia de esa manera. Pero ellas eran implacables y continuaban.

Desolado, perdí toda esperanza y me dejé caer sobre el suelo, sumiso, sin ofrecer resistencia, ya había luchado hasta extenuarme. La dulce sombra de la muerte parecía estar cerca, sobrevolándome. Esta vez no pararían, había dejado escapar a mi sacrificio y el castigo por desobedecer su voluntad, era mi destrucción. Querían un alma con la que saciarse, si yo no se la proporcionaba, yo mismo sería la víctima.

Al límite de mis fuerzas mi instinto de supervivencia intentó tomar el control, haciéndome levantar la cabeza para buscar una salida que se antojaba imposible. Con la vista borrosa, tras estudiar la estancia, divisé una posible forma de huir y una idea se fraguó en mi cerebro exhausto y dolorido con dificultad, pues mi mente estaba sucumbiendo a la llamada del otro mundo, mientras que mi cuerpo aún intentaba oponerse a los espíritus malignos.

No me hallaba muy lejos de una de las ventanas que daban al exterior. Con suerte, y un esfuerzo sobrehumano, podría arrojarme desde ella a fuera, lejos de mis verdugos. La idea me pareció absurda en primera instancia. Precipitarme a esa altura era un suicidio, pero si permanecía allí quieto, moriría en cuestión de minutos. Cuanto más lo pensaba, más viable veía intentar escapar por ese medio. Si la posición del vitral era la que imaginaba, podría tener una oportunidad.

Realizando un esfuerzo titánico, conseguí ponerme en pie. Tambaleándome, me dirigí lo más rápido que pude a la ventana. Los demonios aumentaron sus gritos para hacerme desistir en mi intento de escapar de ellos y como movida por la voluntad de aquellos seres, la ventana del vitral se cerró de golpe en el momento en el que yo me disponía a saltar. Atravesé el umbral. El cristal se rompió en mil pedazos a mi paso por él y mi cuerpo se precipitó al vacío, envuelto en la oscuridad de la noche.

Un golpe leve sacudió mi espalda, comencé a deslizarse por cientos de tejas negras hasta que volví a precipitarme en la oscuridad, esta vez desde una altura más considerable, aunque no mortal.

Había calculado bien, la ventana por la que salté, estaba situada justo por encima del porche. Caí sobre el techo a dos aguas de este, y me deslicé por su tejado hasta llegar al suelo, salvando la vida.

Permanecí tumbado boca arriba varios minutos, contemplando el negro manto de estrellas de la noche.

Mi respiración acelerada y mis vibrantes oídos, recibieron con gratitud el silencio del exterior que permitía restablecer mi mente de los punzantes castigos sonoros a los que había estado expuesto.

Frente a mí, la casa, como si de un ser vivo se tratase, parecía volverse loca.

Las puertas y vitrales se abrían y cerraban con violencia sin cesar. De las oquedades que estos dejaban al descubierto salían destellos de una luz verdosa que se perdían en la noche y unos alaridos de ultratumba dotaban de una atmosfera terrorífica e inquietante cuanto me rodeaba.

Me incorporé dolorido por la caída y sacudí los cristales que tenía alojados tanto en la ropa como en la cabeza.

Desde el interior del porche llegaban unos extraños sonidos. Mire incrédulo a las bestias amorfas que estaban talladas en las columnas cobrar vida, retorciéndose, gimiendo, haciendo crujir la madera de la que se componían, intentando liberarse de la piedra a la que estaban sujetas. Sus profundos ojos se abrieron al unísono. Eran ojos depredadores que me trasladaron de nuevo a la visión terrorífica del monasterio.

No es que las bestias que invadieron el antiguo claustro fueran similares a los centinelas tallados. Eran las mismas criaturas de mi visión. ¿O quizás estaba viviendo otro terrible viaje onírico y perturbador? Tal vez, mi consciencia se había rendido en la sala de lectura, dejándome inconsciente antes de que ellas acabaran conmigo. Lo que sucedía en la casa, esos guardianes que parecían despertar tras llevar un largo tiempo en el letargo. Todo era una pesadilla digna de las visiones y viajes que los espectros de la casa introducían en mi cabeza cuando dormía. Hacía tiempo que convivía con semejantes fenómenos y no distinguía lo real de lo ilusorio.

Las criaturas casi habían recuperado la misma repugnante apariencia que cuando las vi danzando en torno a su amo eones atrás. No quise quedarme ahí para comprobar porque habían despertado en ese preciso instante y me apresuré a internarme en el único lugar que no representaba un peligro en aquel momento, el cementerio.

Comencé a correr lo que me permitía la cojera de mi pierna derecha, destrozada por el golpe de la caída. Tras de mí, podía oír los sonidos espeluznantes de las criaturas y el crujir de la casa, retorciéndose sobre sí misma.

Pasaba entre las tumbas con el corazón acelerado, buscando una salida del cementerio por su parte posterior, si es que la tenía. Debía escapar de allí antes de que las sombras me alcanzaran.

Como todas las noches, una niebla espectral invadía aquellos cerros de muerte y cuanto más me internaba en su interior mi avance se veía menguado, al cabo de unos segundos me vi obligado a detenerme pues no era capaz de ver más allá de mis propias manos.

Un sonido se escuchó entre las lápidas, era una voz femenina de ultratumba que me resultaba conocida.

—¿Te gusta lo que ves? —esa frase… no, no podía ser verdad… ella estaba muerta—. Puedo ser tuya ahora.

La voz espectral se acercaba, repitiendo la misma cantinela otra vez. Yo la buscaba sin éxito, retrocediendo despacio hasta que mi espalda se topó con algo. me giré y palidecí al instante.

Ante mí, como una nueva tortura, se encontraba mi primera víctima, desnuda, con el mismo físico y semblante momentos antes de que yo la asesinara.

—¿Te gusta lo ves? Puedo ser…

—¡¡No!! ¡Déjame en paz! — grité mientras caía al suelo aterrado, siendo observado por sus inquisidores ojos verdes.

Una mano se posó sobre mi hombro. —Por favor señor se ve usted de buen porvenir. ¿No tiene algo para dar de comer a este pobre anciano? —dijo la voz de un viejo decrépito, con las cejas pobladas y el rostro sucio mientras acercaba su asquerosa barba grisácea llena de parásitos a mi cara. Era otra de las muchas personas que yo había hecho reposar bajo la tierra que estaba pisando.

Me aparté de él arrastrándome, separándome lo que pude de las dos apariciones.

A mi espalda, una nueva voz me asaltó. —¿Quieres pasar un buen rato? Yo haré que olvides todos tus pesares encanto. —Dijo una de las prostitutas que había frecuentado para ofrecer como sacrifico a las sombras, surgiendo tras de mí entre la niebla, impidiendo mi huida.

Las voces comenzaron a rodearme. Del abismo nebuloso de aquella bruma surgieron nuevas apariciones fantasmagóricas para fustigarme. Mendigos, prostitutas, sin techo, personas que se perdían en los caminos… Eran mis propios demonios. Los fantasmas de todas mis víctimas. Se habían congregado ante mí, en su sitio de descanso eterno. Morada que yo escogí para ellos.

Los aparecidos continuaron avanzando hacia mí, rodeándome cada vez a menos distancia, increpándome con las frases que en vida pronunciaron para pedirme ayuda. Palabras y suplicas que aproveché, usándolas a mi favor.

Cerré los ojos cuando los fantasmas se encontraban a un palmo de mí, esperando recibir el mismo trato que yo les dí. Tal vez habían dispuesto un sitio allí, junto a ellos para que los acompañara.

No pasó nada. Tampoco los oía hablar, en lugar de las frases atormentadoras encontré un silencio sepulcral que me hizo estremecerme.

Abrí los ojos, estaba solo. Los muertos habían vuelto a sus sepulturas dejándome en medio de sus frías moradas de piedra, Una risa traída por el silbar del viento invadió todo el camposanto.

Unos pasos se escucharon entre las lápidas, podía sentir como la tierra temblaba cuando aquella figura caminaba. La densa niebla la cubría por completo sin dejarme apreciar de quien o que se trataba. El espectro seguía acercándose en silencio, despacio. El viento cesó su soplar, la niebla se abrió y pude contemplar con horror el motivo por el que hasta los muertos volvían a sus tumbas. Había pasado mucho tiempo, sabía que su sombra cubría todo el lugar, maldiciendo cada centímetro de tierra, pero no se había dignado a dar señales de existencia hasta este momento.

Un sudor frío se derramó por mi espalda, me temblaban todos los músculos del cuerpo y mi corazón comenzó a palpitar con fuerza, acelerándose cuando vislumbré sus ojos de carbón incandescente brillar dentro de su enorme capucha de gigante. La bestia, Tzultet, el culpable de la maldición que asolaba todo el recinto, aquel ser demoniaco invocado por las sombras, estaba ante mí.

El aire se vició de un olor a putrefacto y azufre, respirarlo me quemaba por dentro. La aparición de aquel ser no era como la de las otras sombras. Su sola presencia lograba estremecer a vivos y muertos de tal forma que no pude hacer otra cosa que admirarlo paralizado por el pánico.

Los ojos incandescentes del monstruo comenzaron a iluminarse, emitiendo un brillo rojo, como si en ellos ardieran el mismísimo fuego del infierno. Su mirada era cautivadora a la vez que tenebrosa. Yo temeroso, no era capaz de mover ni un milímetro de mi cuerpo. El miedo que experimentaba superaba todos los tormentos que sus súbditos me habían infligido. Quería suplicarle, pero las palabras no salían de mi boca. Entonces, detrás de él surgió un abismo tan oscuro que la noche parecía estar irradiada por los rayos del sol.

Aquella masa de negrura se extendió en cuestión de segundos, engullendo al cementerio, los cipreses, todo. En su interior podía escuchar el lamento de los que ya no estaban con nosotros. Las voces de los muertos se extendían por la negrura amenazantes mientras yo sentía como las fuerzas me abandonaban presa del terror que estaba padeciendo.

Cientos, miles de alaridos de dolor y sufrimiento que yo mismo había ocasionado en mis víctimas se mezclaban con lamentos de voces desconocidas. Todo ello condensado en un solo instante, sacudieron mi cabeza y recorrieron mi cuerpo. Sentí como todo ese dolor invadía mis venas, haciendo que mis músculos se tensaran hasta tal punto que experimenté una rigidez total y completa. Mi mente se rindió ante la tortura, quedando desconectada del resto de mi cuerpo que comenzó a convulsionar hasta me desplomé contra el suelo.

CAPITULO 11

EL ASESINO DE LOS PÁJAROS

Cuando desperté, sentí frío, la vista borrosa me impedía ver donde me encontraba, pero no importaba demasiado, pues al recuperar la visión no podía observar nada que no fueran unas tinieblas infinitas, un abismo sepulcral. Me encontraba aquí, en nuestro punto de partida, en este lugar oscuro, rodeado eternamente por las sombras y con tu compañía. Una angustia atroz inundó por completo mi corazón.

Ignoro si estoy despierto o no. Como te expliqué antes, quizás todo este lugar sea al producto de otro viaje espantoso de esos seres que nos observan desde la lejanía del abismo. Tal vez quieran mostrarme algo como hicieron en tan incontables ocasiones, y si fuera así, me pregunto. ¿Qué haces tú aquí? ¿Quién eres tú? Has escuchado mi historia hasta este punto sin inmutarte, cubierto por esa sábana desde la lejanía, ocultando tu identidad.

Al principio, pensé que eras una de mis obras. Pero ahora, admirándote con detenimiento, me doy cuenta de que yo nunca actúe de esa forma. Esta no es mi firma. ¡¿No me oyes!? ¿¡Piensas quedarte impasible ante las cosas tan horripilantes que te he relatado!? ¡¡Contéstame!!

¿Por qué? ¿A qué se debe tu silencio? Muy bien. Si no quieres responder por tus medios, me acercaré hasta donde estás y retiraré con mis propias manos esa barrera de tela que te separa de mí para que me expliques cara a cara a que se debe esta ignorancia.

¿Qué… que es esto? ¿Qué tipo de broma se supone que estoy presenciando? ¿Por qué el rostro que me devuelve la mirada es el mío propio? ¿Por qué yazco sobre el suelo de este lugar ante mí mismo? Está, mejor dicho, estoy frío. Mi cuerpo parece pálido y rígido, no emite signos… de vida.

—Ya estamos señor.

Esa voz me resulta familiar. Proviene de esa extraña luz. ¿Cuándo ha aparecido? Parece… sí, es una especie de ventana luminosa en mitad de la oscuridad. Desde ella puedo divisar mi sala de lectura, pero está muy cambiada. Mis trofeos y libros han   desaparecido, todo el mobiliario está cubierto por plásticos. ¿Qué ha ocurrido en mi casa? Por más que intento penetrar en la sala a través de este portal me es imposible. Lo atravieso como si fuera un fantasma que solo refleja de forma nítida una parte de la casa.

—Aún no han terminado de retirar algunos utensilios de las últimas restauraciones como puede observar. Pero le aseguro que estará a punto para la fecha acordada.

¡Es el hombre de mirada extraña! El que me enseñó la casa cuando la adquirí. Lleva el mismo atuendo descuidado y hortera que el día que me mostró el edificio.

—No había usted mentido. Es tal y como la describió.

¿Quién es ese hombre de negro tan bien vestido?

—No obstante señor…

—Mi nombre no importa. No se preocupe, conozco su inquietud de sobra.

—Entenderá entonces que sea normal preguntarle por el precio tan bajo de semejante vivienda.

¿Precio tan bajo? No pueden vender esta casa. ¡Es mi casa! ¿¡Me oyen!?

—Tengo entendido que aquí no hace mucho ocurrieron algunos hechos que serían dignos de haber sido escritos por Poe.

—Ya veo que está usted bien informado. Empezaré pues por el principio. Supongo que ya sabe la historia del antiguo monasterio que ocupaba el lugar donde nos encontramos…

—Ese cuento ya lo conozco. Usted me lo relató el día que me habló de esta casa. Ya le dije que no me importaba en absoluto lo del cementerio, ni las leyendas que circulan sobre su primer propietario. Sin embargo, a mi antecesor debió ocurrirle algo muy significativo para que el precio sea tan asequible. Y eso, es lo que quiero saber.

—Muy bien, es normal. Si va a adquirir la casa lo justo es que sepa lo que ocurrió aquí. Yo mismo fui el responsable de enseñarle a su predecesor esta impresionante mansión. Se trataba de un hombre amable y educado. Era extranjero, aunque nunca me dijo de donde provenía. Buscaba un lugar apartado para relajarse los últimos días de la semana tras sus jornadas laborales. Al momento la casa lo sedujo como creo que ha ocurrido también con usted. De hecho, no la usó de residencia parcial. Si no que se mudó a ella para utilizarla como hogar permanente. El pobre desgraciado comenzó a sufrir fuertes migrañas, luego padeció delirios y pesadillas. Aseguraba viajar a mundos paralelos en los que tenía visiones de seres inimaginables que lo atormentaban. Todo ello provocado por unos espectros encapuchados que según afirmaba, eran los fantasmas de los religiosos enterrados en el cementerio posterior a la casa. En definitiva, se volvió loco entre estos muros.

¿Loco? Dicho desde sus labios, esa palabra cobra un significado muy diferente a como yo lo expresaría. Parece insinuar que estoy enfermo. Yo me refería a mi locura para describir la envergadura, la intensidad hasta donde los espíritus malignos llevaban a mi mente. ¡No estoy enfermo! ¡Yo sé lo que he visto y vivido en esta casa! ¡Todo es real!

¿Qué significa estar loco? A los dementes nadie los escucha. Se les trata como tal porque son diferentes a los cuerdos solo por el hecho de que ven, oyen y perciben aquello que los demás no pueden. ¿Qué sucedería si las personas que actúan así fueran mayoría? ¿Quién sería el enfermo? Yo sé lo que he visto. Son reales. El que solo yo pudiera verlos no significa que no existan.

—¿Y qué le ocurrió a ese pobre demente?

—Se enclaustró en la vivienda. Cortó toda vida social y cualquier contacto con un ser humano. Descuidó las haciendas y negocios que poseía hasta que lo perdió todo. Solo le quedó en propiedad esta casa. Aquello agravó su locura. Decía que los fantasmas le susurraban cosas y le ordenaban lo que debía hacer.

—¿Y qué era?

—Por la comarca empezaron a desaparecer personas con cierta periodicidad. Sobre todo, mujeres, mendigos, ancianos y prostitutas de las localidades cercanas. Nunca se puso el foco en él, ya que nadie lo conocía y jamás fue visto con ninguno de los desaparecidos, ni había pruebas o indicios de su culpabilidad.

—¿Y fue él quien lo hizo?

— Fue más que eso señor. No podría contarle esto de no ser porque una chica logró escapar de sus feroces garras. Aquella pelirroja era bien conocida en El encinar. Una localidad cercana. Estaba casada con un influyente del pueblo, pero lo engañaba con otro hombre. Cuando quedó embarazada de este último, su esposo la repudió dejándola en la calle. Fue después de tres días cuando nuestro lunático la encontró y la trajo hasta aquí con la excusa de ofrecerle un techo donde quedarse. Aún recuerdo a la pobre muchacha temblando de miedo ante las autoridades, sin más ropa que una toalla. Según relató, aquel monstruo la arrastró del pelo hasta una sala llena de libros con una decoración "particular".

—¿Particular dice?

—En efecto. Colgadas del techo aquel lunático tenía docenas de jaulas de pájaro. En el interior de cada una de ellas había depositado cabezas humanas, muchas en estado avanzado de descomposición.

—¡Es repugnante!

—Según contó la chica, justo cuando el hombre estaba a punto de estrangularla le confesó su embarazo y este la dejó huir. Aún se pregunta el motivo. Aquel testimonio alertó a las autoridades que junto con un servidor llegamos hasta aquí para encontrarnos un escenario escalofriante. Como había dicho la joven, una sala del segundo piso estaba infectada de un pestilente olor a podrido. Del techo colgaban jaulas con el interior lleno de cabezas amputadas de las personas que habían desaparecido durante los meses anteriores.

—¿Y qué fue del extranjero? Supongo que huiría dejando todo atrás al ver que su última víctima había escapado.

—Se equivoca. Como usted ya supondrá, la policía comenzó a buscar al responsable de aquella masacre. Peinaron la casa y sus alrededores sin éxito. Solo cuando inspeccionaron el cementerio, dieron, de momento, con un cadáver. El de nuestro hombre.

¿Cadáver? No, eso es imposible. Estoy aquí escuchando vuestras conclusiones absurdas. ¡Este farsante que descansa a mis pies no soy yo! ¡Estoy vivo! Hablando, razonando. Los muertos no pueden hacer eso y yo lo estoy haciendo. Perdí el conocimiento en el cementerio cuando la oscuridad que emanaba de Tzultet me envolvió. Y luego desperté en este lugar. Pero no fallecí ahí. ¡¡Son mentiras!!

—¿Alguien lo había asesinado? ¡Espere un segundo! ¿Ha dicho que dieron con un cadáver de momento? ¿Acaso hay más cuerpos sin vida aquí ahora?

—Tranquilo, se lo explicaré. En mitad de la noche encontramos el cadáver del propietario de la casa al que la joven había acusado de intentar estrangularla. No quedó claro, pero todo apuntó a que se suicidó aplastado por la culpabilidad de sus crímenes. O tal vez por no ser capaz de enfrentarse a lo que se le venía encima cuando lo arrestaran. Junto a él había una tumba a medio cavar. Esto llamó la atención de los inspectores que ordenaron la exhumación de esa sepultura. Mis ojos nunca olvidarán lo que vieron. Dentro del féretro, junto al religioso que lo ocupaba, encontraron el cuerpo de uno de los desaparecidos a falta de la cabeza. En lugar de esta, el psicópata había colocado la cabecita de un pájaro. Estuvimos toda la noche exhumando cuerpos. Aparecieron tantos como cabezas decoraban la sala de los libros, espacio en el que nos hallamos ahora. En todas encontramos lo mismo. Un cuerpo de religioso, una víctima y una cabeza de pájaro. Después de estar trabajando horas, se llevaron los cadáveres y los miembros amputados para que los identificaran con el objetivo de avisar a sus familias y darles una sepultura digna. En cuanto a los religiosos, volvieron a su lugar de descanso.

Yo mismo di fe de que el hombre que habíamos encontrado era el propietario de la casa y la chica tuvo que pasar el mal trago de identificar el cadáver de su agresor. Una vez que lo confirmó, se cerró el caso como resuelto.

Al amanecer, la información ya se había filtrado, llegando a los periódicos locales, haciendo estremecer a toda la población con la macabra historia que le acabo de contar. La prensa, al no conocer la identidad del enfermo que había realizado tal matanza, y dada su forma de actuar lo llamo "El asesino de los pájaros".

—Valla historia, me ha puesto los pelos de punta. Espero que ese malnacido arda en el infierno por toda la eternidad.

—Fue una catástrofe de la que la zona aún no se ha recuperado. Si quiere replantearse la compra de la casa lo entendería.

—¡Yo no he dicho tal cosa! La transacción sigue adelante. Pero antes dígame algo. ¿Por qué ningún familiar se ha hecho cargo de este lugar? ¿Y cómo es conocedor usted de la historia con tal lujo de detalles? ¿Es capaz acaso de saber lo que sentía o creía ver ese asesino despiadado?

—Le aseguro que no soy ningún adivino señor. Ya le dije antes que el anterior propietario descuido sus negocios y lo perdió todo. Esta casa es cuanto tenía y el dinero de la compra se usará para subsanar las deudas pendientes del propietario. Además, que sepamos, no tiene familia ni herederos. Y para responder a su segunda pregunta. Se sabe todo y cuanto le he contado por qué el mismo asesino lo escribió en un diario en el que relataba con pelos y señales como disfrutaba de lo que hacía. Decía que los fantasmas le obligaban a hacerlo y que, a cambio, no recibía unos extraños castigos mentales que no definió muy bien. Supongo que serán cosas de psicópatas.

—Supongo que sí.

—Bueno, si lo ve todo en orden ¿pasamos a formalizar la adquisición?

—Por supuesto. No voy a cambiar de opinión respecto a la casa. Yo no creo en fantasmas, voces y espectros que nos atormenten. El peligro reside en los vivos, no con los muertos. Las viviendas no guardan la maldad entre sus muros, las personas son las que crean el mal.

¿Qué está pasando? Yo no dejé nunca escrito un diario con mis vivencias en este lugar. ¡Ese hombre miente! ¿Pero por qué? ¿Qué está escondiendo?

—¡Estupendo! Tengo los documentos en la primera planta. Cuando los rellene. Todo esto será suyo.

—Muy bien. Ha sido un placer tratar con usted. Bajemos a firmar. ¡Estoy impaciente por instalarme en este lugar!

—Entonces sígame. Sabe, al decir todo eso de que hay que temer a los vivos y no a los muertos y que las casas no almacenan la maldad, me ha recordado algo que me contaban de pequeño…

El hombre de mirada extraña se ha girado hacia mí mientras el otro señor se marcha. ¿Me habrá visto?

—…Era algo así como… La maldad no es abstracta, vive y te siente. Tiene forma, te acecha, alimentándose de tus miedos y tu locura.

¡Sus ojos brillan como carbones incandescentes! Esa frase… sus ojos penetrantes… ¡Oh dios mío! ¡¡Es Tzultet!! ¡Siempre estuvo ahí! ¡Me incitó a comprar esta casa! Se alimentó de mis temores más íntimos y profundos para manipularme a su antojo. Como hace ahora con ese señor. ¡El ciclo se va a repetir! ¡Ese hombre será su juguete, su marioneta al igual que lo fui yo! ¡Todos hemos sido manipulados, lo lleva haciendo desde hace siglos! El hombre que construyó la casa no seguía directrices propias, todo lo fue tejiendo ese ser diabólico. ¡Seguro que la desaparición del constructor también fue obra suya!

Lo veo alejarse con una sonrisa cínica en la boca mientras el portal se cierra, sumiéndolo todo de nuevo en la oscuridad. ¡No por favor…!

Demasiado tarde, no había encontrado una salida a este lugar, el monstruo quería que observara, que supiera como acabó todo y la opinión que yo había causado en el colectivo local.

Suicidio, no puedo impedir sonreír ante esa palabra. Nunca me planteé poner fin a mi propia vida. Mi verdugo fue él. Tras dejar escapar a mi última víctima, entendió que algo en mí, cambió. Me había liberado de su embrujo y ya no le era útil para nada. Así que no dudó en acabar conmigo.

Estoy… muerto. Esto es la muerte. Un mar oscuro, frío y desolador sin fin. Un universo habitado únicamente por mis atormentadores y mi persona, en los que me castigarán por toda la eternidad hasta que olvide quien soy. Este es mi mundo paralelo a la vida, mi ultimo "viaje".

Mis recuerdos y esencia se disolverán en el negro manto que se abalanza sobre mí, haciendo de mi espíritu una sombra errante, como las que tanto he odiado. Este es mi infierno personal, no es justo. Yo soy la víctima de estas criaturas, su marioneta sin voluntad, cualquier persona que hubiera pasado los tormentos y visiones que estos espectros me propiciaban habría actuado como yo lo hice. Soy una víctima más. Pero ya no importa.

He experimentado los placeres prohibidos de la carne, disfrutando de ella, poseyéndola y destruyéndola. He saboreado los castigos más insufribles y excitaciones inmensas, regodeándome en mis actos. He podido presenciar el dolor, he sido parte de él. Me he alimentado del miedo. No hay sensación que mi alma no haya experimentado. Ahora, queda la última de ellas, el olvido.

Comienzo a perderme en la más absoluta oscuridad, fudiéndome con ella, desapareciendo. Mientras me consume por completo, evaporando mi alma.

No puedo hacer otra cosa que recordar la forma en la que ese hombre desconocido se servía de apelativos crueles hacia mí para describirme como un psicópata. Así me recordarán y no por nada más.

Mi mente cansada se nubla. Despacio va perdiendo lucidez. mi último aliento se acerca. Ya no soy capaz de adivinar mi nombre. Así pues, que me recuerden de la manera que Tzultet ha descrito. Seré por toda la eternidad: El asesino de los pájaros.